KB038127

無敵
名

무적명

1

백준 신무협 장편소설

ORIENTAL FANTASYSTORY & ADVENTURE

dream
books
드림북스

무적명 1

초판 1쇄 인쇄 / 2011년 4월 20일
초판 1쇄 발행 / 2011년 4월 30일

지은이 / 백준

발행인 / 오영배
편집장 / 허경란
편집 / 신동철, 문보람, 오미정, 윤상현.
본문 디자인 / 신경선
펴낸 곳 / (주)삼양출판사 · 드림북스

주소 / 서울특별시 강북구 송천동 322-10호
대표 전화 / 02-980-2112 팩스 / 02-983-0660
편집부 전화 / 02-980-2116 팩스 / 02-983-8201
블로그 / blog.naver.com/dreambookss

등록번호 / 제9-00046호
등록일자 / 1999년 3월 11일

ISBN 978-89-542-4304-9 (04810) / 978-89-542-4303-2 (세트)

無敵名
무적명
1
백준 신무협 장편소설
ORIENTAL FANTASYSTORY & ADVENTURE
dream
books
드림북스

목차

서장

　내가 가장 사랑하는 사람은 아마도 스승님과 사형제들일 것이다. 그들은 내가 가진 전부였고, 그들만 있으면 다른 것은 필요 없었다.

　우리는 닮은 점이 많았다. 불우한 어린 시절을 보냈다는 점도…… 사람을 좋아한다는 점도…… 산에서 뛰어다니는 토끼를 좋아한다는 점도…… 우린 많이 닮았었다.

　스승님께서 내어주신 문제를 모두 풀면 언제나 함께 폭포 아래 모여 걱정거리 없이 놀곤 했다.

　그런 우리에게도 헤어짐은 찾아왔다. 언제까지나 함께할 것이라고, 죽을 때까지 이곳에서 살 거라고 생각한 내게 큰 사형은 다른 삶을 말해주었다. 바깥세상의 삶에 대해서…….

스승님은 가끔씩 바깥세상은 거짓과 아집으로 가득 찬 지옥 같은 곳이라고 겁을 주시곤 했다. 그래서 난 큰 사형이 떠나던 십 년 전까지 바깥세상은 지옥이고 이곳이 천국이라 여겼다. 그런데 큰 사형은 지옥으로 떠난 것이다.

큰 사형은 말했다. 세상이 지옥으로 보이는 것은 사기 자신의 문제일 뿐이라고. 뒤집어 보면 천국이 될 수도 있다고……. 과연 그런 것일까?

큰 사형이 떠나고 마을에 다니게 되었다. 이곳에서 가까운 마을은 내게 세상에서 가장 큰 마을이었고 없는 게 없는 곳이었다. 별천지였고 세상의 모든 것이 모인 곳이었다. 그리고 그런 내 손을 잡고 늘 함께한 사람은 내 유일한 사매였다.

사매는 일곱 살에 이곳에 왔다. 스승님의 손을 잡고 올라온 사매는 우리 사형제를 보자 어쩔 줄을 몰라 하며 스승님의 뒤에 몸을 숨겼었다. 그 모습이 정말로 귀엽고 예뻤었다. 아직도 아련한 기억 속에 수줍게 웃고 있던 사매의 어여쁜 얼굴이 떠오른다. 그 첫 만남의 기억이 사매를 세상에서 가장 소중한 사람으로 만든 것인지도 모른다.

큰 사형의 빈자리는 컸으나 둘째 사형이 그 자리를 메우기 위해 노력했다. 나와 사매는 그런 둘째 사형의 모습에서 큰 사형의 그림자를 찾았던 것 같다.

어느 순간 둘째 사형이 큰 사형처럼 느껴졌다. 큰 사형이 이곳을 떠난 지 오 년이 되던 해였다. 그리고 바로 그 해 큰 사형이 돌아왔다. 큰 사형이 돌아왔다는 소식에 나는 아마 태어나서 가장 빨리 달린 것 같다.

모두 모인 자리 가운데 나는 큰 사형이 없는 것을 보고 큰 사형은 어디에 있느냐고 스승님께 여쭸다. 하지만 스승님은 침묵하셨으며 둘째 사형은 고개를 저었다. 그제야 내 눈에 큰 사형이 쓰던 검이 스승님의 앞에 놓여 있는 것이 들어왔다.

큰 사형이 돌아온 게 아니라 큰 사형의 검만 돌아온 것이다. 뭐라고 해야 할까? 슬프다고 해야 할까? 아니면…… 화가 난다고 해야 할까? 한마디 말로 설명할 수 없는, 처음으로 겪어 보는 이상한 기분이었다.

어느 친절한 분이 검만이라도 돌아가야 한다면서 돌려주었다고 한다. 좌파에서 올라온 검은 분명 사형의 검이었다.

큰 사형의 검이 돌아온 지 얼마 지나지 않았을 때였다. 둘째 사형이 도를 들고 좌파에 갔다. 아니, 좌파의 장문인이 되었다고 한다. 큰 사형을 찾기 위해서 이곳을 떠난 것이다.

스승님은 말리셨고 둘째 사형은 처음으로 스승님께 반항했다. 그 모습은 너무 무섭고 두려웠다. 처음으로 화를 내는 둘째 사형의 모습에서 무언가 잘못되었다는 생각이 들었다. 사매와 나는 그저 손을 꼭 잡은 채 지켜보기만 했다.

　그때 사매는 다 큰 처녀였다. 그런데도 사매는 울음을 참지 못하고 울고 있었다. 마주잡은 손에서 느껴지는 떨림을 통해 알 수 있었다. 만약…… 나마저 떠난다면…… 분명 사매는 슬퍼할 것이다.

　그때 다짐했다. 나는 이곳을 떠나지 않겠다고…… 절대 떠날 수 없다고, 사매와 스승님을 외롭게 하지 않겠다고…….

　그런데…… 이제 내가 떠나야 했다…….

제1장

빗속에서 사람을 만나다

　　스승님은, 내게 강호는 지옥과도 같은 곳이라 말씀하셨다. 나는 그런 스승님의 말씀을 믿었었고 장백산을 벗어나면 안 된다고 생각했다. 그러던 어느 날 대사형은 내게 강호는 즐겁고 유쾌한 곳이라고 말해주었다. 수많은 사람들과 어울리며 웃고 떠들고 함께 살아가는 곳이라 말했을 때 나는 그 말을 믿었다. 그때는 스승님의 말씀보다 대사형의 말을 더 믿었다.

　　장백파는 중원에 크게 알려진 문파가 아니었다. 중원의 동북부 끝에 자리한 작은 문파였고, 중원의 거대한 문파들과 비교하면 정말 작은 규모의 소문파였다.

실제 장백파에서 수련하는 제자는 열 명도 안 되었고, 그 외의 사람들 대다수가 허드렛일을 도와주는 일꾼들이었다.

　변방의 작은 문파로 알려진 장백파였지만 장백산 근방에서는 그 누구도 장백파를 무시하지 않았다. 장백파의 제자들은 소수이나 강호의 기준으로 볼 때 모두 일류고수에 들어갈 정도로 강한 무공을 기지고 있었다.

　거기다 몇백 년을 이어온 장백파의 전통은 이제 근방에서 하나의 역사처럼 기록되고 있었다. 성산이라 불리는 장백산의 정기를 받고 있는 사람들이 바로 장백파의 제자들이었고, 그들은 늘 주위 사람들에게 선의를 베풀었다.

　그런데 그렇게 오랜 전통을 이어온 장백파의 건물들이 검게 타버리는 사건이 일어났다.

　사람들은 폐허로 변한 장백파의 터를 보며 오열했고, 죽은 이의 가족들은 하늘을 원망하며 밤새 눈물을 흘렸다.

　멍하니 벽면을 바라보며 서 있는 청년은 조금 큰 키에 대충 묶은 머리를 뒤로 넘긴 강인한 눈매의 소유자였다. 그는 차가운 눈동자로 벽면에 쓰인 글씨를 쳐다보고 있었다.

　"무적명(無敵名)…… 만리행(萬里行)……"

　가만히 중얼거리던 청년은 주먹을 움켜쥐곤 온몸을 떨어야 했다.

　'무적의 이름은…… 만리를 간다……!'

청년은 마음속으로 되뇌며 어금니를 강하게 깨물었다.

쿵!

그가 서 있던 자리가 발목이 땅에 박힐 깊이까지 내려앉았다. 다 타버려 폐허로 변한 가운데 조사당의 벽면만이 검게 그을린 채 선명한 핏빛 글씨를 드러내고 있었다.

그 핏빛 글씨를 하염없이 바라보고 있던 청년의 볼을 타고 눈물방울이 흘러내렸다. 마치 바위처럼 단단해 찔러도 변함없을 것 같았던 얼굴이 크게 일그러지며 전신이 미미하게 흔들리기 시작했다.

"사형……."

청년의 모습을 멀리서 보던 십 대 후반의 소녀가 다가가려다 걸음을 멈추었다. 그녀는 붉어진 눈에 금방이라도 울 것 같은 표정을 하였으나 용케 참아내고 있었다. 사형이 멀리서 우는 모습을 보았기 때문이다.

한참 동안 가만히 서서 사형의 흔들리는 모습을 보던 소녀는 곧 결심한 듯 느린 걸음으로 다가갔다.

"사형……."

소녀가 속삭이듯 말하며 손을 잡자 청년의 신형이 잠시 크게 흔들렸다. 하지만 곧 그는 입술을 깨물더니 눈가의 물기를 손으로 훔쳤다. 그렇게 한참 동안 눈가를 만지던 청년이 말했다.

"송희구나."

청년은 조금 잠긴 목소리로 말하더니 곧 길게 숨을 내쉬었다.

"유골은 찾았어?"

"신도만 찾았어요."

유송희의 말에 청년, 장권호는 고개를 끄덕였다. 장백신도
는 장백파의 신물 중 하나이며, 대대로 장문인이 지니고 다
니는 물건이었다.

"사형은?"

유송희는 장권호의 물음에 고개를 저었다. 그런 그녀의 눈
동자가 붉게 충혈되어 있다는 사실을 장권호는 그제야 깨달
았다.

"강하게 자랐구나."

장권호는 금방이라도 울 것 같은 표정의 유송희가 끝까지
참아내고 있는 모습에 담담히 말했다. 그러자 유송희가 입을
굳게 다물며 고개를 끄덕였다. 더 이상 입을 열면 울음이 쏟
아질 것 같았기 때문이다.

"가자."

장권호는 유송희의 손을 잡고 곧 조사당을 빠져나갔다.

어두운 동굴 안쪽을 작은 촛불이 홀로 밝히고 있었다. 촛
불 옆에는 백발이 성성한 노인이 앉아 있었는데, 그는 주름
진 얼굴로 앞에 앉아 있는 장권호를 쳐다보고 있었다.

"그래…… 그랬구나……. 그랬어……."

가만히 중얼거리며 허공을 쳐다보는 노인의 눈동자가 크게 흔들리고 있었다. 장권호를 통해 장백파가 불에 탔다는 소식을 들은 노인은 삽시간에 주름살이 더욱 늘어난 것처럼 보였다.

"시신은?"

"유골조차 찾지 못해 가묘(假墓)에 합장했습니다."

장권호의 말에 노인은 고개를 끄덕였다. 문파가 모두 불에 탔으니 시신들도 그 속에서 함께 탔을 것이고, 그러니 유골을 찾는 것도 쉬운 일이 아니었을 게 분명했다.

"네가 힘들겠구나."

노인의 말에 장권호는 침묵했다. 노인은 그런 장권호를 잠시 바라보다 그의 기도가 전과 달리 사납게 바뀌었다는 사실을 읽고 다시 말했다.

"떠나려느냐?"

장권호는 대답하지 못한 채 침묵했다. 막상 입을 열려니 입이 떨어지지 않았다. 그가 이곳을 떠나면 스승님과 사매만 남는다.

"반년 전…… 첫째의 검이 돌아왔을 때, 나는 굉장히 슬펐다……. 첫째는 늘 장백파의 무공을 강호에 알려야 한다고 말했지……."

노인의 말에 장권호는 미미하게 고개를 끄덕였다. 큰 사형이 늘 말하던 것을 그 역시 알고 있었다. 그리고 대사형은 강호를 그리워했다.

"나는 그때 말려야 했어……. 그때 첫째를 말렸다면…….
허나 첫째는 떠났고 검만 돌아왔지."

"예…… 그랬지요."

장권호의 입술이 아주 미약하게 열렸다. 고개를 저으며 길
게 숨을 내쉬는 노인은 마치 그 당시의 모습을 떠올리는 듯
보였다. 노인은 곧 눈을 감으며 힘없는 목소리로 말했다.

"둘째도…… 도만 남겼구나……."

장권호의 어깨가 크게 흔들렸다. 무엇보다 화가 나는 것은
사매와 함께 산을 잠시 떠나 백옥궁에 다녀온 사이에 이런
일이 생겼다는 사실이다. 자신이 있었다면 이런 일은 결코
있을 수 없었다. 그렇게 생각했다.

"아무래도…… 강호에서 첫째의 검만 보내온 게 아닌 모양
이다."

노인의 말에 장권호의 눈동자가 빛나기 시작했다. 자신도
생각한 바였기 때문이다. 큰 사형의 검이 온 후 반년 만에 장
백파가 타버렸다. 그 사실 하나만으로도 연관성이 있다고 생
각했다.

"스승님."

장권호의 말에 노인은 젖은 눈동자로 쳐다보았다.

"잠시 떠나겠습니다."

노인은 그 말에 고개를 끄덕였다.

"죄송합니다."

노인은 고개를 저었다. 장권호는 조용히 절을 올렸다. 그런 장권호를 향해 노인이 조용히 말했다.

"너는 첫째나 둘째와는 달리 죽어도 남길 게 없으니 돌아올 거라 믿는다."

어두운 산중의 깊은 숲속에 자리한 작은 초가집 안에서 빛이 새어나오고 있었다. 밝게 빛나는 호롱불빛 아래에 앉아서 유송희는 바느질을 하고 있었다. 그녀는 빠른 손놀림으로 작은 향낭을 만들더니 그 안에 잘 말려 곱게 빻은 백색 가루를 가득 넣었다.

끼이익!

문이 열리는 소리에 그녀는 밖을 내다보았다. 어둠 속에서 천천히 걸어오는 장권호의 모습에 유송희는 자리에서 일어났다.

"식사는요?"

애써 태연한 표정으로 말하는 유송희의 모습에 장권호는 가만히 미소를 보이며 말했다.

"배가 많이 고픈데?"

"기다려요."

유송희는 그 말에 얼른 부엌으로 나갔다. 방 안에 들어온 장권호는 향긋한 산삼 냄새에 기분이 좋아지는 것 같았다.

"여기요."

유송희가 밥상을 들고 안으로 들어오자 장권호는 얼른 수저를 들고 밥을 먹었다. 반찬은 비록 한두 가지의 나물무침이 다였으나 그것만으로도 족하다는 듯 장권호는 큰 밥그릇에 담긴 밥을 모두 비웠다.

"이거."

수저를 내려놓자 유송희가 향낭을 보여주었다. 남색 바탕에 작은 두루미 한 마리를 흰색과 붉은색으로 조화롭게 수놓은 작은 향낭이었다.

"이건 왜?"

장권호는 그녀가 내미는 남색 향낭을 만지며 쳐다보았다.

"가지고 다니세요."

"응?"

장권호가 갑작스럽게 향낭을 건네주는 유송희의 행동에 이상하다는 눈빛으로 쳐다보았다. 그러자 유송희가 애써 밝은 표정으로 말했다.

"새벽에 떠날 거잖아요. 나 몰래……."

그녀의 말에 장권호가 순간 입을 열지 못하고 가만히 유송희를 쳐다만 보았다. 마치 자신의 속을 들여다본 것 같은 그녀의 말이 가슴에 남았다.

"알았어."

장권호는 고개를 끄덕이며 향낭을 한쪽에 놓았다.

"내가 떠나면…… 이곳에 너만 남겠구나……."

가만히 중얼거리며 벽면에 기댄 장권호가 심란한 표정으로 천장을 쳐다보았다. 첫째 사형이 강호로 나간 후 오 년이 흘러 검만 덩그러니 돌아왔다. 둘째 사형은 장백파의 장문인이 되어 장백파를 이끌다 죽었다. 이제 남은 제자는 자신과 사매뿐이었다.

자신이 이곳을 떠나면 남은 사람은 사매 혼자가 된다. 혼자 남아 스승님을 모시며 이 넓고 깊은 장백산을 지켜야 한다. 왠지…… 가슴이 아파왔다. 그런 장권호의 마음을 읽었을까? 유송희가 고개를 저으며 말했다.

"너무 걱정하지 마세요. 홍씨네 집에 머물라고 하셔서 당분간 그곳에 있을 생각이에요. 그곳에 머물면서 장백파를 모두 재건해야죠. 아마 사형이 돌아오실 때면 불에 타서 흔적만 남은 장백파가 아니라 깨끗하게 재건된 장백파가 있을 거예요."

그녀의 힘 있는 말에 장권호는 미소를 보였다.

"나 없다고 폭포 밑에서 하염없이 울지는 않겠지?"

그의 말에 유송희가 고개를 숙였다. 장권호는 그녀가 폭포수 떨어지는 큰 소리에 울음소리를 감추던 모습을 본 적이 몇 번이나 있었다. 그리고 요 며칠 동안 그녀는 폭포 밑에서 하루를 보냈다. 그 며칠 동안 얼마나 울었을까? 장권호는 마음이 아파오는 것 같았다.

"울지 않아요."

유송희가 한참 만에 고개를 들며 말하자 장권호는 고개를 끄덕이고 눈을 감았다.

"자야겠다."

그의 말에 유송희는 밥상을 치우고 들어와 이불을 꺼내 장권호에게 덮어주었다. 가만히 앉아 지고 있는 장권호의 얼굴을 보던 그녀는 불을 끄고 나와 마당에 서서 하늘을 올려다보았다. 문득 이곳에 처음 올라왔을 때 자신의 손을 잡고 이끌어주던 장권호의 모습이 떠올랐다.

부모님이 돌아가신 후 천애고아가 되어 굶어 죽어가던 자신의 손을 잡아준 스승님의 손도 따뜻했고, 늘 혼자라는 생각에 빠져 외로워하던 자신을 이끌어준 장권호의 손도 따뜻했다.

다음 날 새벽이 되자 눈을 뜬 장권호는 옆에 붙어서 자고 있는 유송희의 얼굴을 잠시 바라보았다. 그녀는 떨어지기 싫다는 듯 온 힘을 다해 장권호를 붙잡고 있었다. 오늘따라 유난히 힘이 좋다고 생각한 장권호였다.

장권호는 그녀를 조심스럽게 눕힌 후 곧 밖으로 나갔다. 그가 나가자 유송희는 졸린 눈을 비비며 일어났다.

"벌써……."

유송희는 문밖의 풍경이 푸르스름하게 변해 있자 놀란 표정으로 밖으로 나갔다. 다행히 냇가에서 씻고 있는 장권호의 모습이 보여서 안도의 한숨을 내쉬었다. 곧 그녀는 집으로 들어가 아침을 준비했다.

냇가에서 몸을 씻고 나온 장권호가 방으로 들어오자 잘 차려진 밥상과 한쪽에 개여 있는 옷가지가 보였다.

"빨리 오셔야 해요."

자리에 앉자 유송희가 한마디 했다. 장권호는 미소를 보이며 고개를 끄덕이곤 숟가락으로 밥을 크게 떠서 입에 넣었다. 그러자 유송희가 한마디 더 했다.

"저 시집가기 전에 오셔야 해요."

"풋!"

순간 밥알이 방 안 가득 튀었다.

산을 내려온 장권호는 불에 타버린 장백파의 모습을 눈에 담았다. 그의 옆에는 유송희가 조용히 서 있었고 장백파의 일을 돕던 사십 대 초반의 중년인 홍씨가 보였다. 이름을 몰라 장권호는 그냥 '홍씨 아저씨'라 불렀다.

"떠나는가?"

홍씨의 물음에 장권호는 고개를 끄덕이며 말했다.

"저보고 오라고 하는군요."

장권호의 말에 홍씨는 장권호의 어깨를 잡으며 말했다.

"자네는 꼭 돌아올 거라 믿네."

"그럴 생각입니다."

"그래…… 그래……."

홍씨는 장권호의 어깨를 몇 번이고 두드리며 같은 말만 반복하여 중얼거렸다.

"사매와 이곳을 잘 부탁드립니다."

"걱정하지 말게나. 자네가 올 때면 여기도 예전의 모습을 되찾을 것이네."

"예."

장권호는 짧게 대답한 후 곧 유송희에게 시선을 던지며 말했다.

"급한 일이 있으면 대련에 있는 내 친구에게 소식을 전해. 알았지?"

"알았어요. 대정문이지요?"

"그래."

유송희의 물음에 장권호는 고개를 끄덕였다. 그의 대답에 유송희는 미소를 보이며 다시 말했다.

"급한 일이 생기면 대련으로 소식을 전할게요. 그러니 사형도 이곳 걱정 마시고 조심히 잘 다녀오세요."

유송희가 애써 밝게 웃으며 말하자 장권호는 그녀의 머리를 쓰다듬다 곧 신형을 돌렸다. 그리곤 홍씨에게 인사를 한후 장백파를 벗어났다.

"사형……."

유송희는 멀어지는 장권호의 뒷모습을 계속 쫓았다. 사형이 한 번이라도 고개를 돌려주기를 바라고 있었다. 하지만 장권호는 빠른 걸음으로 멀어져갔고, 그가 시야에서 사라졌어도 유송희는 그 자리에서 움직이지 않았다.

이때까지 유송희는 사형이 그토록 오랜 시간 동안 강호에 머물 거라 생각지 못하였다.

*   *   *

반년 후.

폐허로 변해버린 마을에는 오는 사람도 없었고 사는 사람도 없었다. 오직 황량한 바람만이 마치 손님처럼 이따금씩 머물다 갈 뿐이었다.

무너진 집들도 몇몇 보였고 창문이나 대문이 떨어져나간 집들도 보였다. 사람의 흔적을 찾아보기 힘든 이곳에 낯선 사람이 나타난 것은 초저녁, 해가 서산으로 넘어갈 때였다.

터벅! 터벅!

무거운 발걸음 소리를 내며 걷는 그는 큰 키에 비해 다른 사람들보단 조금 좁은 보폭으로 이동하고 있었다. 굵은 다리에 덩치도 큰 편이고, 키도 육척의 장신이었다.

헝클어진 머리카락 사이로 살짝 내비치는 눈빛은 사냥감

을 노리는 맹수처럼 사납고 강렬했다. 그래서일까? 전체적으로 강렬한 인상의 청년이었다.

끼익! 끼익!

바람 따라 흔들리는 창문틀의 소리에 청년은 잠시 걸음을 멈추고 고개를 돌렸다. 그의 눈에 반쯤 부서진 집이 보였고, 그 집에 붙은 창문은 떨어질 듯 흔들리며 쉴 새 없이 고통에 찬 소리를 내고 있었다.

"두 번째인가……."

청년은 가만히 중얼거리며 쉴 만한 곳을 찾아 주변을 둘러보다 우측 십여 장 뒤에 있는, 다른 집들에 비해 외형이 양호한 집을 발견하곤 그곳으로 향했다. 괴량산(傀量山)에 가까이 갈수록 이렇게 폐허가 되어버린 마을이 더욱 많아질 것 같다는 생각이 들었다. 이런 폐촌을 보는 게 벌써 두 번째였다.

끼이익!

문을 여는 소리가 귀에 거슬리기는 했지만 청년은 대충 안을 둘러보곤 의외로 잘 정리되어 있다는 것에 만족한 표정을 보였다.

왼편으로는 식탁과 주방이 있었고 안에서 불을 피울 수 있는지 바닥엔 사각의 틀 안에 불씨들이 보였다.

장권호는 대충 안을 한번 둘러 본 후 식탁과는 반대편에 마련된 다 부서진 침상으로 걸어갔다. 침상 위엔 마른 풀들이 대충 쌓여 있었는데 조금 거친 느낌이었다.

털썩!

온몸의 힘을 풀고 침상에 누운 장권호는 피로한지 하품을 한 번 하곤 곧 눈을 감았다. 꽤 긴 시간 동안 걸었기 때문에 잠이 몰려왔다.

장권호는 고르게 숨을 내쉬며 마치 죽은 사람처럼 보일 만큼 깊은 잠에 빠져들었다.

우르릉!

뜯어진 창문 밖의 하늘에선 검은 먹구름 너머가 번쩍이더니 곧 천둥이 치고 비가 쏟아졌다.

쏴아아!

빗소리가 강하게 들려서 잠을 깬 것일까? 장권호는 슬쩍 오른 눈을 뜨며 창밖을 쳐다보았다. 하늘에서 쏟아지는 비를 보던 장권호는 눈살을 살짝 찌푸렸다.

비가 와서 그런 게 아니라 빗소리에 섞인 사람의 발자국 소리 때문이다. 그것도 급박하게 뛰는 소리였다.

타타탁!

발소리와 바닥에 고인 물이 부딪치는 소리가 집의 벽을 통해 점점 가깝게 들려왔다.

벌컥!

"갑자기 무슨 비야!"

문을 연 흑색의 방립인은 하늘이 원망스럽다는 듯 큰 목소리로 신경질을 부리며 안으로 들어섰다. 그 순간 그의 눈이 누워 있던 장권호의 눈과 마주쳤다. 방립의 끝에 걸린 흑색 천잠사 사이로 날카로운 눈빛이 잠시 흘렀다.

"왜 그래?"

뒤이어 조금 낮은 목소리에 같은 복색의 방립인이 들어오다 장권호를 보곤 잠시 걸음을 멈추었다.

"누구신가?"

가장 먼저 들어온 방립인이 묻자 장권호는 피식거리며 말했다.

"비를 피할 거면 나는 신경 쓰지 말고 쉬시오."

장권호의 말에 뒤에 들어온 방립인이 먼저 식탁 옆에 놓인 의자에 앉았다. 그러자 처음 들어온 방립인이 방립을 벗으며 반대편 의자에 앉았다.

둘은 장권호의 귀에 들리지 않을 정도로 낮게 속삭이며 대화를 하기 시작했다.

얼마 지나지 않아 곧 문이 다시 열리고 조금 호리호리한 체격에 검은 피풍의를 두른 방립인이 들어왔다.

체격을 봐선 여자가 분명했는데 그녀가 들어오자 앉아 있던 두 방립인이 일어났다.

"단주, 오셨습니까?"

단주라는 여자는 잠시 장권호 쪽을 바라보다 곧 고개만 끄덕이곤 남은 의자에 앉으며 방립을 풀었다. 흑색의 머리카락이 허리까지 길게 내려오고 다른 여자들에 비해 키가 큰 편이라 다른 두 방립인과 비교해도 작아 보이지 않았다.

여자는 비를 맞아서 그런지 선이 더욱 가늘게 보였고 피부도 창백했다. 그녀는 시선을 두 청년에게 던졌다. 그러자 처음 들어온 조금 날카로운 인상의 청년이 일어나 장권호에게 다가갔다.

슥!

그는 허리춤에 걸린 검의 손잡이를 잡으며 장권호의 발밑까지 다가갔다. 장권호는 그 거리까지 오는 동안 어떠한 움직임도 없이 누운 자세 그대로 창밖만 쳐다볼 뿐이었다.

"호패 있소?"

신분을 증명하라는 남자의 말에 장권호는 고개를 돌렸다. 남자의 허리춤에 걸린 검에는 청색 수실이 매여 있었고 오른 가슴에는 백색으로 풍(風) 자가 쓰여 있는 게 보였다.

그러고 보니 마지막에 들어온 여자의 피풍의에도 붉은 색의 풍 자가 크게 쓰인 것을 의식했다.

슥!

장권호는 품에 손을 넣어 호패를 꺼내 청년에게 던졌다.

남자는 처음에는 경계하는 듯했으나 아무런 기의 움직임이 없자 곧 호패를 받아 쥐곤 이리저리 살폈다. 곧 이름과 출생지를 확인한 그는 자신의 머릿속에 장권호라는 이름이 없다는 것을 알곤 고개를 끄덕였다.

"나는 유호라 하네."

유호는 그렇게 자신의 이름을 말한 후 고개를 돌려 슬쩍 고개를 저어서 일행들에게 신호를 주었다. 그러자 남은 남자가 일어나 말했다.

"나는 서귀(書鬼)라 하지."

왼 볼에 긴 검상이 있는 날카로운 인상지곤 특이한 이름이었다. 장권호는 그게 이름이 아니라 별칭이란 것을 알았다.

"장권호."

장권호는 짧게 말한 후 눈을 유호에게 던졌다. 그러자 유호는 호패를 다시 장권호에게 주었다. 곧 장권호는 다시 눈을 감으며 잠을 청했다.

그때까지 유일한 여자는 입을 열지 않았다. 그녀는 가만히 앉아 눈을 감고 있을 뿐이었다. 곧 유호가 옆에 다가와 말했다.

"대련 출생입니다."

"멸군……."

짧게 말한 그녀는 곧 품에서 명부를 꺼내 펼쳤다. 그 속엔 수많은 이름과 출생지가 적혀 있었고, 장 씨를 살피던 그녀는 곧 명부를 덮고는 품에 넣었다. 자신이 가지고 있는 명부에 장권호라는 이름은 없었다. 하지만 미래엔 명부에 적힐 사람이 될 수도 있었다.

"괴량산에 가는 거라면 그만두는 게 좋을 것이오. 산적이

돼서 좋을 게 있겠소?"

유호의 목소리가 낮게 울렸으나 장권호는 눈을 뜨지 않았다. 그러한 장권호의 태도에 화가 날 법도 했으나 유호는 슬쩍 미소만 보이곤 고개를 저었다.

세상엔 별의별 사람이 다 있고 장권호 같은 사람도 있는 법이다.

"다른 놈들은?"

"알아서 잘 오겠지요. 약속한 날짜가 내일이니, 내일이면 입구에서 모두 볼 수 있을 것입니다."

유호의 대답에 그녀는 고개를 끄덕였다.

"한 시진 후에 출발하지."

그녀의 말에 유호와 서귀가 낮게 대답한 후 팔짱을 낀 채 눈을 감았다.

앉아 있는 것만으로도 그들은 충분히 휴식을 취할 수 있는 사람들처럼 보였고, 절제된 움직임과 강렬한 기도를 통해 고수라는 것을 한눈에 알 수 있었다.

『특별한 것은 없는 듯 보입니다. 하지만 무림인인 것은 분명합니다.』

낮은 전음에 이석옥은 눈을 반짝이며 고개를 미미하게 끄덕였다. 유호는 슬쩍 누워 있는 장권호를 한 번 본 후 다시 말했다.

『이 안에 사람이 있을 줄은 몰랐습니다. 기척이 있었다면 진작 알았겠지만…… 저자의 기척을 느끼지 못하였습니다.』

유호의 전음이 다시 들리자 이석옥은 살짝 눈살을 찌푸렸다. 유호의 귀는 상당히 밝은 편이고 그가 인기척을 느끼지 못할 정도의 인물은 극히 드물다. 그러니 일반 사람의 기척을 듣지 못했을 리 없다. 그렇다면 누워 있는 인물은 무림인이 분명했다.

하지만 요동지방에서 이름난 무림인은 극히 드물었다. 이름 있는 무림인이 변방까지 올 이유는 거의 없기 때문이다.

이름 있는 무인이 이곳까지 와야 할 이유가 있다면 죄를 지었거나 원한 때문일 것이다. 그리고 죄를 지은 무림인이 명부에 이름이 올라 있지 않을 리가 없었고 또한 외형의 특징이 적혀 있지 않을 리 없었다.

또한 죄 지은 무림인이라면 분명 자신들을 보았을 때 피했을 것이다. 하지만 그는 아무런 움직임도 없었고 기의 변화도 없었다. 죄 지은 사람의 특징이 전혀 없어 보였다.

『비가 와서 몰랐겠지.』

이석옥의 말에 유호는 안색을 바꾸었다. 하지만 특별한 변명을 하지는 않았다. 자신이 생각하기에도 비가 와 장권호의 숨소리를 못 들었을지도 모른다고 여겨졌기 때문이다.

쩝! 쩝!

건포를 씹는 소리에 시선을 돌리던 이석옥은 장권호가 누

운 그 자세 그대로 끼니를 해결하는 모습을 바라보다 자리에
서 일어섰다.

"가자."

그녀가 먼저 말한 후 밖으로 나가자 뒤이어 유호와 서귀가
일어나 뒤를 따랐다. 문을 나서던 유호는 잠시 걸음을 멈춘
후 장권호를 바라보며 말했다.

"인연이 되면 또 봅시다."

유호는 가볍게 인사하며 밖으로 나갔다. 그가 나가자 장권
호는 씹던 건포를 삼킨 후 눈을 감았다. 또 만날지도 모른다
는 생각이 문득 들었다. 자신의 목적지도 괴량산이었기 때문
이다.

쉬이이잉!

바람이 부는 길의 한가운데 선 장권호는 잠시 황량하게 변
해버린 마을을 둘러보았다. 여기저기 무너진 집들과 여전히
지워지지 않은 혈흔이 집들 주변에 보였다. 그 중앙을 따라
고개를 드니 저 멀리 커다란 대문과 높은 담장의 집이 보였
다.

목적지는 저 큰 대문 너머에 있었다.

저벅! 저벅!

무겁게 걸음을 옮기는 장권호는 이 마을도 사람이 없다는
것에 왠지 모를 쓸쓸함을 느꼈다. 남은 것이라곤 그저 예전

의 집터들뿐이었다. 아마 대다수는 죽고 살아남은 사람들도 고향을 떠나 다른 곳으로 이동한 것이 분명했다.

자기가 살던 고향을 떠나는 것이 얼마나 어려운 일인지 그는 잘 알고 있었다. 자신도 고향을 떠나겠다고 마음먹었을 때 왠지 모를 슬픔을 맛봐야 했다. 그래도 고향을 떠나야 하는 이유가 있있기에 멈추지 않았다. 그 사람들도 같은 심정이었을 것이다.

"음……."

강물 위에 놓인 다리에 발을 올려놓던 그는 잠시 걸음을 멈추고 좌측을 내려다보았다. 강물 속에 잠겨 있는 수많은 해골들이 그의 발을 묶어 놓았다.

다리는 마치 저승으로 향하는 길목처럼 그에게 다가왔다.

따당! 땅!

문득 그의 귓가로 저 멀리 담 너머에서 날아드는 금속음이 경쾌하게 다가왔다. 금속음은 무거우면서도 빨랐다.

장권호의 발이 조금 속도를 내어 움직이기 시작했다.

*   *   *

따당!

검과 도가 부딪히며 금속음을 연발하였다. 도를 든 인물은 사십 대의 중년인으로, 상의는 여기저기 찢겨져 있었으며 수

염도 반쯤 잘려나간 상태였다. 특이한 점은 왼 눈에 안대를 하고 있다는 점이었다. 왼 눈에서 볼로 이어지는 상흔으로 보아 상처를 입었을 때 실명한 것이 분명했다.

그는 붉어진 얼굴로 우락부락한 근육을 이용해 이십 대 중반의 청년을 강하게 압박하고 있었다. 청년은 검은 옷에 피풍의를 입고 있었는데 피풍의의 중앙에 풍 자가 크게 쓰여 있었다.

파팟!

커다란 대감도가 두 번이나 사선으로 청년의 몸을 갈랐으며 청년은 빠르게 발을 움직여 피했다. 대감도가 허공을 가를 때마다 일어나는 바람 소리에 등골이 서늘해질 만도 했으나 청년은 위축된 기색 없이 평온한 얼굴로 중년인의 목을 베어갔다.

땅!

중년인은 도로 검을 막으며 양팔에 강한 힘을 주어 밀었다. 하지만 청년의 팔은 움직임도 없었다. 마치 바위가 옆에 있는 것처럼 보였다.

"풍운회(風雲會)…… 잡종 새끼들."

"잡종에게 잡종이라 들으니 기분이 나쁜데?"

청년의 말에 중년인은 안색을 붉히며 크게 기합을 내뱉었다.

"하압!"

기합과 함께 검을 밀어낸 중년인은 반동을 이용해 반회전하며 마치 도끼로 장작을 패듯 사선으로 청년의 허리를 잘라갔다. 그 순간, 중년인은 청년의 검에서 유형의 아지랑이 같은 기운이 일어나는 것을 보았다.

"……!"

땅!

순간, 검과 부딪힌 도가 마치 나뭇가지처럼 부러지며 조각난 도의 앞부분이 허공으로 솟구쳤다.

그 찰나, 잠시 주춤한 중년인의 가슴이 청년의 눈앞에 훤히 드러났다. 그것을 놓칠 리 없었다.

퍽!

중년인은 가슴을 뚫고 들어온 검을 쳐다보았다. 마치 자신의 가슴에 들어온 검을 믿지 못하겠다는 표정이었다.

"개새끼들……."

낮은 소리에 청년은 조금 화난 표정으로 검을 뽑으며 중년인의 면상을 발로 걷어찼다.

퍽!

중년인의 신형이 힘없이 뒤로 날아가 바닥에 대자로 쓰러지자 청년은 신형을 돌렸다.

"늦어."

어느새 일을 다 끝냈는지 그의 동료들이 방립을 쓴 채 늘어서 있었다. 그리고 장원의 커다란 연무장 여기저기에 널브러진 시신들이 눈에 띄었다.

"크악!"

장원의 안쪽에서 들리는 비명소리에 청년은 시선을 돌렸다. 곧 커다란 보자기에 서책을 가득 담은 채 걸어 나오는 서귀의 모습이 보였다. 그 뒤로 방립을 쓴 이석옥이 나타나자 청년은 바닥에 떨어진 자신의 방립을 털고 머리에 썼다.

"악도를 잡은 건가?"

이석옥은 걸어 나오며 쓰러진 시신을 쳐다보았다. 시신의 눈이 애꾸라서 악도냐고 물은 것이다.

"이 근방에서 유명한 애꾸눈은 악도 막룡 한 명입니다."

유호는 자신의 손에 쉽게 죽은 악도의 시신을 쳐다보며 말했다.

"너무 쉽게 죽어서."

이석옥의 말에 유호는 자신도 그게 조금 미심쩍다는 듯 고개를 끄덕였다. 그러자 다른 동료가 십여 명의 젊은 여자들을 데리고 나왔다.

젊은 여자들은 겁에 질려 있었고 반쯤 옷이 찢겨져 나가 있는 상태였다. 그 모습에 이석옥의 눈빛이 차갑게 번들거렸다. 그것은 악도에 대한 분노였다.

"단주님, 창고에 있던 여자들입니다."

"데리고 간다."

이석옥의 말에 그는 고개를 끄덕였다.

"여기에 있던 쓰레기들은 모두 치웠으니 이제 안심하고 집으로 가지요."

그 말에 여자들 중 한 명이 죽은 악도를 바라보며 조금 두려운 표정으로 말했다.

"악도가 아니에요."

"……?"

이석옥을 비롯하여 피풍의를 입은 여섯 명의 안색이 바뀌었다.

"그럼 이 새끼는 뭐야?"

유호가 죽은 시신을 쳐다보며 묻자 그 여자가 다시 말했다.

"총관이에요."

"……!"

두두두두!

순간 지축을 울리는 말발굽 소리가 그들의 귓가로 울려왔다. 여자들은 겁에 질린 표정으로 다시 안으로 숨어들어갔다.

말발굽 소리는 순식간에 가까워졌고 곧 잠잠해졌다. 소리는 없어졌지만 이석옥의 주변으로 단원들이 모여섰다.

끼이익!

육중한 마찰음을 내며 거대한 정문이 열리고 흑색의 말을 탄 사십 대 초반의 중년인이 모습을 보였다. 그는 오른 눈에 안대를 차고 있었으며, 매서운 왼 눈매에 덩치도 우람하고 좋았다. 그의 허리에는 유엽도가 걸려 있었고 등에는 활과 화살통이 걸려 있었다.

"호오……."

그는 자신의 집에 널브러져 있는 시신들을 보고도 전혀 놀랍지 않다는 듯 표정에 변화가 거의 없었다. 단지 외눈만이 반짝이고 있을 뿐이었다.

다각! 다각!

그의 주변으로 십여 필의 말들이 다가와 일렬로 늘어섰다.

"풍운회?"

그는 말에서 내려 허리에 찬 도를 꺼내 쥐었다.

"막룡?"

이석옥의 목소리에 막룡은 눈을 반짝였다. 목소리가 여자였기 때문이다. 방립 때문에 얼굴은 보이지 않으나 몸의 굴곡으로 보아 상당히 자신의 취향일 거라 생각했다.

그래서일까? 그 탐욕스러운 눈빛에 이석옥의 전신에서 강한 살기가 흘러나왔다.

"너는 내가 상대하지."

막룡은 당연하다는 표정으로 이석옥을 향해 도를 겨누며 수하들에게 외쳤다.

"나머지는 그냥 죽여버려."

"예!"

그와 함께 온 수하들이 일제히 대답하며 풍운회의 청룡당 삼단의 단원들에게 달려들었다. 그 뒤로 막룡의 신형이 번개처럼 이석옥의 면전으로 다가왔다. 그 빠름에 이석옥은 매우 놀란 듯 뒤로 한 발 물러서며 검을 뽑아들었다.

땅!

검과 도가 한순간에 교차되었고 이석옥의 신형이 뒤로 반 장가량 밀려나갔다.

"호오…… 꽤나 힘이 좋은 계집이군."

막룡은 이석옥이 자신의 발도를 막았다는 게 대단하다는 듯 칭찬하며 말했다.

"정향보(正香步)! 해남파……!"

이석옥의 놀란 듯한 목소리에 막룡은 눈을 반짝이며 손에 힘을 더욱 주었다. 해남파라는 말에 화가 난 것일까? 그의 전신에서 강한 살기가 일어났다.

"해남파라는 것을 알아챘으니 대충 가지고 놀다가 죽여야겠어. 쓥!"

혀를 차며 말하는 막룡의 눈은 매서웠다.

제2장

또다시 만나다

어릴 때는 수련이 싫어서 자주 사형들의 눈을 피해 놀러 다녔다. 산과 들을 뛰어다니며 놀고 있을 때면 어디에선가 둘째 사형이 나타나 엉덩이를 때렸다. 그런데 둘째 사형은 늘 엉덩이를 다 때리면 미안하다고 말했다. 그때는 내가 잘못해서 맞은 것인데 왜 사형이 미안하다고 말하는지 알지 못했다.

십여 년 전 괴량산에 한 명의 악귀가 나타나기 전까지, 이 근방 천 리는 정루문(情壘門) 덕분에 평화로운 시간을 보내던 곳이었다.

정루문의 문주는 인심이 후했으며 자신의 땅에서 난 음식을 아끼지 않고 나눠주는 사람이었다. 거기에 무공까지 고강하여 그의 정루문은 많은 사람들이 제자로 들어왔고, 백여 명에 달하는 문하생을 둔 큰 문파가 되었다.

하지만 십 년 전 홀연히 나타난 이름 모를 청년과 몇 명의 악도들은 정루문을 멸하고 그 자리를 차지했다. 정루문의 식솔들과 정루문에 연관된 모든 사람들을 죽인 그들은 성정이 매우 광폭했으며 욕심이 많았다.

인근 마을들은 그들로 인해 사라져갔고 사람들도 떠나가기 시작했다. 관이 도와주면 나았겠지만 관에서도 손을 놓고 있었다.

처음 몇 번은 고수들을 파견했으나 모두 죽으면서 인력이 부족해졌기 때문이다. 거기다 뇌물도 주니 눈감고 있을 뿐이었다. 변방에 해당하는 이곳까지 치안을 감독하러 오지 않으니 뒤탈도 없었다.

또 하나, 고수들조차 그들을 두려워했다. 그들의 수장인 악도 막룡은 무공이 매우 고강했기 때문이다.

쉭!

바람처럼 허리를 노리고 날아드는 도날에선 유형의 기운이 아지랑이처럼 피어나고 있었다. 막룡의 얼굴은 웃고 있었으며 이 상황을 즐기는 듯 보였다.

"하하하!"

크게 웃으며 이석옥의 허리를 베어갔다. 일도양단(一刀兩斷)의 기세였기에 그 풍압만으로도 무시 못했다. 하지만 뒤로 피하기보단 맞서는 게 다음 수를 미리 선점하기 유리하기에 이석옥은 검을 들어 막았다.

팍!

"큭!"

상당한 내력이 검을 타고 흘러들어오자 그녀는 매우 놀라 뒤로 몇 걸음 밀려났다. 팔이 마비될 것 같았다. 너무도 강렬한 충격이었다. 그렇다고 가만히 있을 수는 없었다. 어느새 막룡의 도가 목으로 날아들고 있기 때문이었다.

"칫!"

이석옥은 비쾌한 막룡의 행동에 반보 물러섬과 동시에 막룡의 목과 명치를 겨누며 삼검을 찔러 넣었다.

파팟!

섬광과 함께 세 개의 검 그림자가 갑작스럽게 나타나자 막룡은 안색을 바꾸고 도를 더욱 빨리 내리쳤다. 검을 쳐내기 위함이다.

쾅!

검을 튕겨내고도 그 기세를 멈추지 않고 바닥을 때리자 청석바닥이 깨져 사방으로 돌조각과 돌가루를 날렸다.

"윽!"

반대쪽에서 신음성을 흘리며 검은 피풍의를 입은 인물이 바닥에 쓰러지자 협공하던 두 사내가 재빠르게 목을 찔렀다. 그 모습에 서귀가 놀라 자신을 압박하던 사내를 밀어내며 달려갔다.

퍽!

미처 뒤를 못 본 사내의 목이 서귀의 검에 잘렸다. 그러지 옆에 있던 청년이 바닥에 쓰러진 자를 찌르다 말고 도를 들어 미처 쓰러지지도 않은 동료의 시신을 뚫고 서귀의 가슴을 찔렀다.

퍽!

땅!

서귀는 어이없다는 듯 뒤로 물러서며 인상을 썼다. 가슴 부위가 살짝 베였기 때문이다. 설마 동료를 찌르면서까지 공격을 해올 줄은 몰랐기 때문이다. 그 기세를 읽지 못했다면 지금쯤 가슴에 구멍이 났을 것이다.

쉬악!

그 순간 바람을 찢는 소리가 귀를 때리며 도날이 머리로 날아들었다. 서귀는 안색을 바꾸며 허리를 숙임과 동시에 몸을 회전하여 상대의 허리를 베어갔다.

핏!

상대도 허리를 베어오는 서귀의 움직임을 읽고 뒤로 한 발 물러섰다. 하지만 이미 초식을 끝마친 서귀는 인상을 찌푸리며 자신을 향해 달려드는 다른 사내를 쳐다봐야 했다.

털썩!

그때, 허리를 베인 사내가 피를 뿌리며 바닥에 쓰러졌다. 서귀의 검을 피했다고는 하나 검 밖으로 뿜어낸 검기까지 피하지는 못해 쓰러지고 만 것이다.

"이놈!"

횡!

순간, 허공에서 외침과 함께 강렬한 일격이 뇌전처럼 떨어져 내렸다. 그 기세에 놀란 서귀는 안색을 바꾸며 재빠르게 검을 들어 막았다.

쾅!

"크윽!"

자신도 모르게 신음성과 함께 뒤로 십여 걸음이나 물러선 서귀는 기침을 토하며 비틀거렸다. 그 순간, 막룡이 서귀를 향해 성난 호랑이처럼 달려들었다. 서귀는 막룡을 보는 순간 그를 상대하던 이석옥이 걱정되어 그녀를 찾았다.

그리고 다행히 한쪽에 쓰러져 있는 그녀를 발견할 수가 있었다. 그 찰나, 막룡의 백색 도날이 어느새 그의 눈앞에 나타났다. 서귀는 인상을 쓰며 뒤로 물러남과 동시에 십여 개의 검 그림자를 일으켜 막았다.

따다다당!

밀고 오는 막룡의 도와 그것을 막으려는 서귀의 검이 수많은 잔상을 남기며 엇갈렸다.

"호오…… 생각 이상으로 고수로군."

막룡은 중얼거리며 즐기는 듯한 눈웃음을 그렸다.

팟!

순간, 막룡의 왼손에서 단도가 나타남과 동시에 서귀의 옆구리를 찔렀다.

퍽!

"크악!"

생각지도 못한 수에 서귀는 비틀거리며 뒤로 물러섰다. 그러자 그의 눈에 이석옥의 옆에 앉아 있는 두 명의 청년이 보였다..

둘은 여기저기 검상이 보였으나 무사한 듯했고 마치 먹이를 노리는 늑대처럼 이석옥을 보고 있었다.

"제길……."

상황이 아주 좋지 않았다. 막룡과 온 사내들은 모두 상승의 무공을 수련한 듯 상당한 내력을 소유한 사람들이었기 때문이다. 그렇다고 이기지 못할 놈들도 아니었다. 그들은 어렵지 않게 처리할 수 있을 것이나, 단지 막룡이 문제였을 뿐이다.

따다다당!

요란한 금속음을 내며 두 명의 사내들과 경합을 벌이고 있는 유호의 모습이 서귀의 눈에 들어왔다.

"빨리 끝내!"

막룡의 외침에 도를 든 사내들이 더욱 강하게 유호를 압박하기 시작했으며, 유호는 뒤로 계속해서 물러서고 있었다.

"제기랄!"

유호의 입에서 큰 외침소리가 터져 나왔다. 사파의 이름 모를 장정 둘조차 제대로 처리하지 못하는 자신의 모습이 우스웠기 때문이다. 하지만 이들은 모두 막룡이 어릴 때부터 데려다 키운 사내들로, 십 년 이상 정통의 무공을 익힌 자들이라 만만한 상대가 아니었다.

이름만 알려져 있지 않을 뿐, 막룡의 수제자들이라 봐야 하는 것이다.

"크악!"

짧은 비명과 함께 방립인이 한 명 땅에 쓰러졌다. 그 사이로 두 명의 사내가 신속하게 목과 복부를 찔렀다. 그들의 빠른 대응에 곁눈으로 보던 유호의 표정이 굳어졌다. 자신도 곧 죽은 동료처럼 될 것 같았기 때문이다.

쿵!

뒤로 물러서던 유호는 자신이 어느새 정문에 닿은 것을 알았다. 무엇보다 당황한 것은 자신이 이렇게까지 상대에게 밀렸다는 점이었다. 아무리 수적으로 불리하다고 하나 그들은 산적들이었고 자신은 제대로 무공을 수련한 정통파였다.

그런데도 자신이 쉽게 우위를 점하지 못했다는 점에서 화가 났다.

쉭쉭!

바람처럼 두 개의 도날이 날아오는 가운데 유호는 잠시 주변을 살폈다. 죽은 동료들이 보였고 막룡과 함께 온 청년들도 과반수나 죽었다.

문득 삼단을 모두 데려와야 했다는 생각이 들었다. 그렇게 했다면 지금처럼 이렇게 밀리지도 않았을 것이고 죽은 동료도 없었을 것이다.

유호는 삼단의 절반으로도 충분하다고 주장한 것을 크게 후회했다.

쉬익!

머리를 향해 유엽도 하나가 바람처럼 다가오자 반사적으로 허리를 숙였다. 그러자 기다렸다는 듯이 밑에서 위로 방향을 바꾼 도날이 눈에 보였다.

'이런!'

유호는 눈앞에 나타난 도날을 피하기 위해 허리를 들었다. 막으면 옆에 있던 다른 놈의 도에 머리가 잘릴 것 같았기 때문이다. 이럴 때는 재빠르게 구석에서 벗어나는 게 이득이었다.

유호는 본능적으로 허리를 들며 등에 힘을 주어 문을 밀었다. 문이 열리면 좀 더 물러설 수 있기 때문이다.

끼이익!

문을 힘주어 밀던 유호의 눈앞으로 '횡! 횡!' 소리를 내며 날카로운 도날이 아래에서 위로, 좌에서 우로 강한 바람과 함께 지나쳤다. 조금만 늦었어도 머리가 날아갈 판이었던 터라 이마에서 식은땀이 절로 흘러내렸다.

툭!

"응?"

분명 등으로 문을 밀어 열었는데 무언가에 부딪힌 듯 더 이상 몸이 나가지 않자 유호는 안색을 굳히며 고개를 들었다. 순간 낯선 얼굴 하나가 자신을 내려다보고 있어서 절로 미간을 찌푸렸다.

"뭐가 급한가?"

유호는 그 말에 자신도 모르게 안색을 붉혔다. 허리를 숙였다가 펴며 어정쩡한 자세로 문을 밀었기 때문에 조금 미묘한 자세였고, 그 자세로 엉덩이가 괴한의 무릎에 닿아 있었다.

쉬악!

유호는 당황했다. 자세도 자세지만 바람 소리와 함께 좌우에서 두 개의 도가 날아들었기 때문이다. 좌측 도는 유호 자신을 노리고 오는 듯 조금 낮게 허리를 잘라왔고, 또 하나의 도는 조금 높게 날아들며 유호의 머리를 지나 괴한의 가슴을 노리고 있었다.

퍼퍽!

순간 유호는 부릅뜬 눈 양쪽으로 무언가 지나가는 것을 보았다. 그리고 그 직후 두 사내의 얼굴이 함몰되는 모습이 선명하게 보이자 일어서던 자세 그대로 멈추었다. 여전히 어정쩡한 자세였으나 표정은 굳어 있었다.

털썩!

두 사내가 바닥에 힘없이 쓰러지자 괴한은 유호에게 밀했다.

"비켜."

유호는 마치 본능적으로 그 말에 따라야 한다는 듯 자신도 모르게 옆으로 물러섰다.

막 기절한 이석옥의 옷깃을 잡던 막룡의 손이 멈췄다. 전혀 새로운 바람 소리가 귓가에 울렸고 뼈가 으스러지는 소리가 연속으로 들려왔기 때문이다.

막룡은 눈에 힘을 주어 크게 뜨며 신형을 돌렸다. 이석옥의 주변에 있던 세 명의 장한들도 각각 도를 들고 일어나 막룡의 옆에 늘어섰다.

막룡은 바닥에 쓰러진 자신의 수하 두 명의 얼굴을 스치듯 보더니 싸늘한 얼굴로 걸음을 옮겼다.

"누구야? 일행?"

막룡의 물음에 천천히 안으로 들어오던 장권호는 잠시 걸음을 멈추었다. 누가 보더라도 막룡이 이곳의 우두머리로 보였기 때문이다.

막룡은 자신보다 조금 더 큰 키의 사내가 마음에 들지 않은 듯 수하들에게 시선을 던졌다. 그러자 세 명의 수하들이 고개를 끄덕이며 앞으로 나섰다.

순간 막룡의 뒤에서 빛이 번뜩임과 동시에 강렬한 기운이 터져 나왔다. 막룡은 놀라 눈을 부릅뜨며 번개처럼 몸을 돌렸다.

따당!

"큭!"

막룡의 입술 사이로 신음성이 흘러나왔다. 십여 개의 검영이 전신을 스쳤기 때문이다.

털썩!

막룡은 무방비 상태로 기습을 당한 수하들이 피를 뿌리며 앞으로 고꾸라지자 입술을 깨물었다.

"연극이 뛰어나군."

이석옥이 그 말에 검을 늘어뜨린 채 미소를 보였다. 하지만 표정만은 얼음처럼 차가웠고 눈빛은 금방이라도 막룡을 죽일 듯 보였다.

그녀의 살기가 강해서였을까? 막룡은 옆으로 한 발 물러서며 비스듬한 자세로 장권호와 이석옥을 번갈아 보았다.

상황이 불리하다는 것을 한 번에 간파한 막룡이었다. 절로 양팔에 힘이 들어가고 도를 잡은 양손에 힘줄이 튀어나왔다.

"흥! 쉽게 죽을 실력이면 풍운회에 들어가지도 않았어."

이석옥의 낮은 목소리에 막룡은 비릿한 조소를 입가에 걸었다.

"삼 푼은 숨겨둔다고 하더니, 마치 노고수처럼 구는구나. 어린 계집치고는 대단해. 이 내가 눈치채지도 못했으니까."

그렇게 말한 막룡은 문득 젖은 등에 서늘한 바람이 스치는 것을 느꼈다. 만약 조금만 더 앉아서 이석옥의 옷을 벗겼더라면 자신의 목이 날아갔을 거란 생각이 들었다.

"분명히 말하지만, 여기에 볼일이 있다면 기다려야 할 거야."

이석옥의 시선이 장권호를 향하자 장권호는 그 말이 자신을 향한 말이란 사실을 알았다. 장권호는 순순히 고개를 끄덕이며 팔짱을 끼웠다. 마치 자신은 아무런 관련이 없는 사람처럼 묵묵히 서 있자 막룡은 웃음을 흘리며 이석옥을 노려보았다. 어떤 실력을 숨기고 있는지 알 수 없는 장권호보다는 이미 한 차례 손속을 겨룬 이석옥이 상대하기 편했기 때문이다.

이석옥은 곧 비틀거리며 일어서는 서귀와 그 옆에 어느새 나타나 부축하는 유호를 향해 시선을 던졌다. 그들이 무사함을 살피곤 마음이 놓인다는 표정으로 피풍의를 벗어던진 그녀는 검을 들었다.

웅! 웅!

검이 크게 떨리더니 서늘한 예기와 함께 아지랑이 같은 기운이 피어났다.

검기를 발출하는 그 모습에 막룡은 그녀가 목숨까지 버릴 각오가 되어 있다는 것을 본능적으로 알았다.

목숨을 걸고 덤비는 적은 그 기도부터 다르다. 확실히 이석옥의 기도는 좀 더 사나웠고 맹수 같았다.

타닥!

가볍게 땅을 차는 소리와 함께 이석옥의 신형이 바람처럼 막룡의 눈앞에 나타나더니 양어깨의 힘줄을 노리고 베어갔다. 그 모습을 본 막룡은 처음의 웃음기 있던 표정을 지우고 굳은 얼굴로 도를 좌우로 교차시키며 물러섰다.

따당!

검과 도의 맹렬한 금속음이 처음 울렸다. 그 뒤 물러서는 막룡을 향해 이석옥은 맹렬하게 다가가며 검 그림자를 만들었고 막룡은 쉴 새 없이 물러서며 이석옥의 검을 막아갔다.

그런 두 사람은 마치 손이 십여 개나 달린 것처럼 보였고 검의 잔상은 시간이 지나도 사라지지 않은 채 보는 사람들의 눈에 남았다.

파팟!

크게 원을 그리며 뒤로 물러서는 막룡과 이석옥은 벌써 두 바퀴나 돈 상태였고 원의 크기는 반으로 준 상태였다.

휘리릭!

상체를 살짝 우측으로 숙이면서 검을 막고 있는 막룡의 행동에 이석옥은 이상함을 느꼈다. 하지만 우위를 선점한 상태에서 공세를 멈출 수는 없었다. 단 한 번의 실수가 곧 공수의 전환점이 되기 때문이다.

　땅!

　그런 마음일까? 이석옥은 비스듬히 쓰러질 듯한 막룡의 어깨를 강하게 내리쳤고 도를 들어 막은 막룡의 신형이 중심을 잃고 흔들리는 듯 보였다.

　기회는 한순간에 온다. 그것을 잘 아는 이석옥은 재빠르게 한 발 나서며 막룡의 머리를 노리고 찔렀다.

　쉭!

　근접한 상태에서 미간을 찌르는 이석옥의 검빛을 본 막룡은 기다렸다는 듯이 도 끝으로 땅을 찍으며 비스듬한 상태에서 빠르게 회전하며 삼도를 위로 쳐올렸다. 세 번 위로 쳐올린 그의 도기가 커다란 잔상과 함께 찔러오는 이석옥의 전신을 머금었다.

　"칫!"

　이석옥은 조금이라도 다가가면 막룡의 도기에 자신의 몸이 절단된다는 것을 알고 뒤로 한 발 물러섰다. 그 순간, 도기가 사라짐과 동시에 막룡의 신형이 번개처럼 튀어나와 이석옥의 목을 잘라갔다.

　휭!

허공을 가르는 막룡의 도가 강한 바람을 일으키며 힘 있게 잘라오자 이석옥은 고개를 숙이며 막룡의 하체를 베었다. 순간 막룡의 왼손이 밑에서 위로 올라왔다. 왼손에 들린 단도로 이석옥의 턱을 잘라낼 속셈이었다.

"왼손을 조심하세요!"

서귀의 외침이 동시에 이석옥의 귓가에 울리자 이석옥은 단도의 어른거리는 그림자를 바라보며 뒤로 발을 퉁겼다.

숙!

그녀의 신형이 두 개의 도영 사이를 빠져나와 뒤로 삼 장 가까이 물러가자 막룡은 혀를 내밀어 입술을 훔치며 아쉬운 듯 중얼거렸다.

"쥐새끼처럼 빠르군……. 보법은 특이한데……."

막룡은 그녀가 허리를 숙인 채 그 모습 그대로 뒤로 물러선 것이 신기한 듯 중얼거렸다. 하지만 이석옥은 그의 그런 궁금증을 풀어줄 생각이 없는 듯 보였다.

뚜둑! 뚝!

순간 뼈마디가 움직이는 강한 소리가 울리자 막룡과 이석옥은 고개를 돌려 한쪽에 서 있는 장권호를 쳐다보았다. 장권호는 그들의 시선에 낮게 말했다.

"지루하군."

그의 말에 이석옥의 안색이 바뀌었으며 막룡의 표정도 더없이 싸늘하게 변하였다. 자신을 무시하는 말이었기 때문이다.

"조금 기다리라구."

막룡은 마치 금방이라도 죽일 듯 장권호를 노려보았다. 그러자 이석옥은 유호에게 손을 내밀었다. 유호는 곧 한쪽에 떨어진 이석옥의 검집을 찾아 들어 그녀에게 던졌다.

"흥!"

이석옥은 싸늘한 표정으로 검집을 잡아들곤 자신의 검을 거꾸로 검집에 넣었다. 그러자 '철컥' 하는 금속음과 함께 검과 검집이 하나로 연결되었다.

이석옥은 검의 손잡이 부분과 검집의 끝부분을 양손으로 잡으며 검 끝을 막룡에게 겨누었다.

"창?"

막룡은 그녀의 기이한 병기에 조금은 어이없다는 듯 그녀를 쳐다보았다. 장권호도 검과 검집이 결합된 독특한 모습에 흥미로운 표정으로 무기를 보았다.

휭! 휭!

왼손으로 원을 그리며 단창을 돌리던 이석옥은 곧 반보 앞으로 나서며 오른손에 힘을 주었다.

쉭!

순간 그녀의 그림자가 잔상을 남기며 막룡의 머리를 베어 갔다. 검을 들었을 때와는 달리 절제된 움직임을 보이는 그녀였다.

휙!

고개를 돌려 공격을 피한 막룡은 도로 이석옥의 겨드랑이를 찔렀다. 그러자 이석옥의 손이 밑으로 떨어지며 막룡의 어깨를 찍었다. 막룡은 안색을 굳히며 뒤로 물러섰다.

팟!

피가 튀며 막룡의 왼 어깨에 혈흔이 그려졌다. 순간 이석옥의 신형이 사라지며 세 개의 섬광과 함께 송곳 같은 경기가 환영처럼 막룡의 눈앞에 나타났다.

이석옥은 절초인 삼영시(三影矢)를 펼쳤다. 그 모습이 화살 같다 하여 붙여진 이름이었다.

"이가창!"

따다당!

크게 놀라 뒤로 물러서며 십여 개의 도 그림자를 만들어 삼영시를 막은 막룡은 굳은 표정으로 이석옥의 모습을 찾았다.

"이가장의 계집이로구나!"

막룡은 크게 소리치며 이가장의 양대무공이 바로 환영보(幻影步)와 환영창(幻影槍)이란 사실을 떠올렸다. 또한 과거 강호의 이십대고수 중 한 명이 바로 이미 죽은 전대의 이가장주라는 것도 상기했다.

쉭쉭!

바람처럼 움직이는 발소리만을 쫓아 신형을 돌리던 막룡

은 좌우에서 세 개의 화살이 빛살처럼 날아드는 것을 보았다.

"하압!"

막룡은 크게 기합성을 올리며 좌우로 몸을 크게 움직여 십여 개의 도 그림자를 만들었다. 그 모습이 어찌나 빠른지 보는 사람의 눈에는 막룡의 신형이 세 개로 늘어난 것처럼 보였다. 해남검법의 절초인 반장무생(班長無生)이었다.

따다다당!

강한 금속음이 나고 불꽃이 튄 직후 막룡의 신형이 뒤로 물러섰다. 그때 그의 머리 위에서 이석옥의 그림자와 함께 검빛이 화살처럼 날아들었다. 삼영시와 함께 육영시(六影矢)를 동시에 펼친 그녀는 추영시(鎚影矢)를 펼쳐 막룡의 머리를 찍어갔다.

쉬이익!

바람을 가르는 이석옥의 눈엔 막룡의 머리가 똑똑히 보였다. 지금까지 육영시에 이어진 추영시를 피한 인물은 없었다. 이석옥은 막룡도 곧 머리가 쪼개져 시신이 될 거라 굳게 믿었다.

"합!"

순간 기합성과 함께 막룡의 눈이 이석옥을 노려보더니 곧 하나의 점이 눈앞에 나타났다. 이석옥의 검 끝과 밝게 빛나는 점이 마치 약속이라도 한 듯 마주쳤다.

쩌저저정!

"……!"

이석옥의 눈이 커졌다. 자신의 검에 마치 거미줄 같은 균열이 일어났기 때문이다. 순간 이석옥의 신형이 마치 커다란 벽에 막힌 듯 공중에서 멈췄다.

"하하하하하!"

이때를 기다렸다는 듯, 커다란 웃음과 함께 강력한 기운이 밀물처럼 이석옥의 전신으로 밀고 들어왔다.

"윽!"

이석옥의 인상이 구겨졌다.

쩌저정! 파팟!

그 찰나 균열이 간 검이 결국 부서지더니 강한 바람과 함께 수십 조각으로 갈라진 검 조각이 마치 비수처럼 사방으로 터져나갔다.

"큭!"

이석옥은 놀라 검을 놓으며 뒤로 십여 걸음이나 물러섰다. 그런 그녀의 전신에 수십 개의 혈선들이 그려졌다. 검 조각이 스치며 생채기를 냈기 때문이다. 몇 개는 흑의를 뚫고 살에 박혀 빛을 발하기도 했다.

좀 전과는 전혀 다르게 마치 너덜거리는 거지 옷을 입은 듯 보였으며 머리카락은 헝클어져 불어오는 바람에 휘날리고 있었다. 무엇보다 심각해 보이는 것은 왼 가슴에 박힌 검

조각이었다. 빛을 발하는 검 조각을 타고 피가 흘러나오고 있었는데 깊게 박힌 듯 찢어진 흑의 자락이 순식간에 젖어 몸에 달라붙었다. 처참했다.

왼 가슴을 잡은 이석옥은 구겨진 표정으로 비틀거렸다.

"허억! 허억! 으드득!"

이빨을 강하게 깨문 듯 그녀의 입 안에서 날카로운 살기가 흘러나왔다.

"하하!"

쉭!

순간 웃음과 함께 막룡의 도가 강한 기운을 머금고 이석옥의 목을 향해 날아들었다.

"네년만 삼 푼의 힘을 숨긴 거라 생각했느냐!"

슈악!

막룡의 도가 횡으로 푸른빛 호선을 그리며 마치 망나니의 칼처럼 이석옥의 목을 베어갔다. 그 섬뜩한 모습에 이석옥은 몸을 움직이려 했으나 전신의 힘이 다 빠진 듯 발이 마음대로 움직여주지 않았다.

그때, 손 하나가 불쑥 앞으로 튀어나왔다.

턱!

"……!"

이석옥의 등 뒤에서 튀어나온 손은 정확하게 도날을 잡고 있었다. 막룡의 안색이 굳어졌다. 안색뿐만 아니라 이석옥의 어깨 너머에서 느껴지는 강한 시선에 전신이 굳어가고 있었다.

"익!"

막룡은 있는 힘을 다해 도를 빼내려 했으나 마치 벽에 박힌 것처럼 도가 미동도 하지 않자 더더욱 미간을 찌푸렸다.

이석옥은 자신의 등 뒤에서 느껴지는 온기에 시선을 돌리다 장권호의 얼굴이 보이자 싸늘한 표정으로 말했다.

"무슨 짓이야? 방해할 생각이면 네놈 먼저 죽여버리겠어."

이석옥의 날카로운 목소리에 장권호는 막룡의 도를 놓으며 그녀의 옆에 나란히 섰다. 그러다 왼손을 들어 올리며 말했다.

"좀 쉬어."

팍!

이석옥의 뒷목에 있는 대추혈(大椎穴)을 가볍게 내리친 장권호는 무슨 일인지도 모르고 정신을 잃은 그녀의 몸을 받아서 옆에 눕혔다.

장권호는 곧 막룡을 쳐다보며 궁금하다는 표정으로 물었다.

"혹시 유농아라는 여자에 대해 알고 있나?"

"……!"

유농아라는 이름을 들었기 때문일까? 막룡의 눈동자가 크게 떠지더니 표정이 삽시간에 굳어졌다.

"계집인가?"

"여자지."

장권호는 당연하다는 듯 고개를 끄덕였고 막룡의 표정에서 그가 잘 알고 있다는 사실을 읽었다.

"잘 알잖아?"

장권호는 잘 알면서도 왜 모르는 척하는지 그 이유가 궁금하다는 듯 물으며 앞으로 걸음을 옮겼다. 그러자 막룡은 저도 모르게 한 발 뒤로 물러섰다. 하지만 장권호의 거대한 살기가 그의 전신을 마치 밧줄처럼 꽁꽁 묶은 듯 더 이상 움직이지 못했다.

그게 장권호의 기도라는 것을 막룡은 단번에 알 수 있었다.

"내가 살아온 인생은 얼마 안 되지만 말이야…… 그렇게 불쌍한 여자는 처음 보았어."

마치 씹어뱉듯이 장권호가 중얼거리며 다가왔다. 막룡은 그가 다가와 바로 코앞에 설 때까지 움직일 수 없었다.

장권호의 거친 숨소리가 귓가에 울리고 자신을 내려 보는 눈빛이 사납게 반짝였으며 흔들리는 머리카락의 숫자까지도 보이는 것 같았다.

"지나가는 거지들보다 더 불쌍하더군……. 불구가 된 병신들보다도 불쌍했고……. 그래서 왔어."

슥!

장권호의 손이 자연스럽게 막룡의 목을 잡았다.

"크으윽!"

막룡은 사시나무 떨듯 전신을 떨기 시작했으나 어떠한 저항도 할 수 없었다. 이 순간 도를 들어 움직이면 그 즉시 자신의 육신이 썩은 나무처럼 으스러질 것 같았기 때문이다.

주르륵!

등줄기로 식은땀이 차갑게 흘러내렸고 이마에서 땀방울이 마치 냇물처럼 흘렀다. 그 차가움에 정신을 차린 것일까?

막룡은 전신의 모든 힘을 폭발시키듯 기합을 내뱉었다.

"으압!"

기합성과 함께 장권호의 팔을 쳐낸 막룡은 번개처럼 반보 물러선 후 장권호의 심장을 향해 쾌속하게 도를 찔렀다. 그때 막룡의 눈에 도날 안쪽으로 뻗어오는 검은 점 하나가 비쳤다.

퍽!

"……!"

막룡의 부릅뜬 눈에 어느새 미간에 닿은 장권호의 손이 보였다. 그저 가볍게 검지손가락 끝이 닿았을 뿐인데 움직일 수가 없었다. 그리고 몸이 마치 물에 빠진 소금가마니라도 된 듯 힘이 빠져나가는 기분이 들었다.

장권호는 뒤로 한 발 물러서며 손을 내렸다. 그의 검지만이 살짝 막룡의 미간에 닿았을 뿐인데 막룡의 전신은 크게 떨리기 시작했다.

"살인을 좋아하는 성격은 아니다. 그런데 네놈은 죽이고 싶었어."

"으…… 으……."

막룡은 전신을 더욱 크게 떨기 시작하더니 곧 바닥에 무릎을 꿇었다. 이미 눈은 피에 젖어 붉게 변해 있었고 코와 귀에서도 피가 흘러나오기 시작했다. 그 처참한 모습에 장권호가 손을 들었다.

"얼굴도 모르는 타인에게 살심을 느껴본 것은 이번이 처음이다."

탁!

가볍게 막룡의 이마를 밀치자 막룡은 힘없이 바닥에 쓰러졌다.

"더러운 놈……."

장권호는 차가운 표정으로 죽은 막룡의 시신을 한참 동안 내려다보았다.

*　　　*　　　*

타탁!

깨끗하게 치워진 정루문의 연무장에서 작게 타는 모닥불만이 어두운 밤을 밝히고 있었다.

낮에까지만 해도 보이던 시신들은 어디에도 없었으며 타오르는 모닥불 옆에 앉은 두 명의 청년과 누워 있는 이석옥이 보였다.

"으음……."

신음성과 함께 눈을 뜬 이석옥은 낮의 일이 떠올랐는지 벌떡 일어섰다. 하지만 가슴의 고통 때문에 신음했다. 그러자 유호와 서귀가 놀란 표정으로 쳐다보았다.

"이제 일어나셨군요."

"크게 다치지는 않았습니까?"

걱정스러운 그들의 물음에 이석옥은 잠시 주변을 둘러보다 아무도 없다는 것에 안색을 바꾸었다. 아무래도 낮에 본 장권호를 찾는 듯 보였다. 하지만 주변에 그가 없자 서귀와 유호를 쳐다보며 물어보려 했다.

그러자 서귀와 유호의 안색이 좋지 않다는 것에 정신을 차린 그녀는 서귀의 옆구리 부상을 쳐다보며 물었다.

"크게 다친 거야?"

"움직이는 데 무리는 없습니다."

서귀의 말에 이석옥은 아미를 찌푸리며 다시 말했다.

"무리가 있어 보이는데? 일단 가까운 성에 가서 치료를 받고 개봉으로 돌아가자."

"알겠습니다."

서귀의 대답에 그녀는 곧바로 유호를 쳐다보며 물었다.

"그놈은?"

유호는 그놈이란 말에 장권호를 찾고 있음을 알고 말했다.

"시체 치우러 갔습니다."

유호의 말에 고개를 끄덕인 이석옥은 곧 가볍게 심호흡을 하였다. 어느 정도 호흡을 통해 자신의 몸 상태를 점검한 그녀는 몸을 가볍게 풀기 시작했다. 왼 가슴의 고통은 남아 있지만 움직임에 문제는 없었다. 그 모습에 유호가 놀라 물었다.

"한바탕 하려고 그러십니까?"

이석옥은 당연하다는 표정으로 유호를 쳐다보았다.

"풍운회가 하는 일을 방해한 놈이야. 이대로 돌아간다면 막룡에 대한 일을 어떻게 보고해야 하지? 우리가 처리하려 했는데 수하들만 잃고 위험에 처했다고 할까? 그리고 이상한 놈이 나타나 막룡을 대신 처리해준 덕분에 죽을 고비를 넘겼다고 보고할까?"

그 말에 유호가 한숨을 길게 내쉬며 조금 강한 어조로 말했다.

"그분과 싸우는 것보다 고맙다고 인사를 하는 게 먼저일 것 같습니다. 그리고 저는 죽은 동료들 때문에 괴롭습니다. 물론 무인에게 자존심은 중요하겠지요. 하지만 지금은 자존심보다 정비가 우선인 것 같습니다. 거기다 아직 저는 그분의 출신도 모르고 어떤 사람인지도 파악하지 못하고 있습니다."

유호의 강경한 목소리에 이석옥은 입술을 깨물다 대답할 말을 찾지 못했다. 옳은 말이었기 때문이다. 그저 자리에 앉아 가부좌를 하고 눈을 감았다.

"운기할 테니 망이나 잘 봐."

"예."

유호의 대답에 이석옥은 곧 운기조식을 하기 시작했다. 이석옥에게 유호는 어릴 때부터 함께한 친구이자 동생이고 또한 호위였다. 그렇기 때문에 그의 말이라면 어느 정도 수긍하는 그녀였다.

죽은 사람들의 무덤은 초라했다. 후원의 한쪽에 깊게 땅을 파고 시신들을 매장한 장권호는 잠시 그 자리에 서서 무덤을 바라보다 곧 손을 털고는 신형을 돌렸다.

"쓸데없이……."

당연한 것이겠지만 기분은 좋지 않았다.

씁쓸한 마음으로 연무장에 온 장권호는 운기하는 이석옥를 본 후 곧 이석옥의 옆에 앉았다. 그러자 유호가 혹시라도 장권호가 이석옥의 운기를 방해할까 봐 자리에서 일어서려다 아무런 행동이 없자 안심하며 말했다.

"무공은 어디에서 배운 것이오?"

"장백."

짧은 장권호의 대답에 유호는 조금 놀랍다는 듯 그를 쳐다보았다. 장백파가 불에 타 거의 멸문하다시피 한 것으로 들었기 때문이다.

곧 장권호가 그런 유호의 시선을 의식한 듯 말했다.

"멸문했지. 이제는 겨우 세 명뿐이니까."

장권호의 말에 유호는 본능적으로 궁금한 표정으로 보이며 물었다.

"흉수는 알고 있소?"

"무적명."

간단하면서도 단순한 대답에 유호의 어깨가 움찔거렸다. 옆에 있던 서귀도 눈을 조금 크게 떴다. 강호에서 활동하면서 '무적명'을 모를 리 없었다.

"알고 있는 모양이군?"

장권호의 물음에 유호는 고개를 끄덕이며 대답했다.

"모를 리가 없지 않소. 이 중원 천하에서 무적이란 이름은 하나뿐이니 말이오. 하지만 만난 적도, 그의 무공을 본 적도 없소이다."

유호의 대답에 장권호는 미간을 살짝 찌푸리며 물었다.

"그가 사는 곳도 아나?"

"모르오."

유호는 당연하다는 듯 고개를 저었다. 그러자 서귀가 옆에서 물었다.

"그에게 가는 것이오?"

"물론."

"큭!"

가볍게 서귀가 웃음을 흘렸다. 마치 말도 안 되는 우스운 이야기라도 들은 사람처럼 그가 낮은 목소리로 웃음을 흘리자 유호가 눈치를 주었다.

"미안하오. 복수를 위한 것이라면 그만두시오. 그는 천하제일인이오."

"그렇군."

장권호는 충분히 서귀가 웃은 것을 이해한다는 듯 고개를 끄덕였다. 천하제일인에게 복수하겠다고 하면 누구라도 웃을 것이다. 아니, 헛소리라 여길 것이다.

"무적명에게 원한이라도 산 적이 있는 것이오?"

"그건 모르지."

"그렇다면 이상하구려……. 무적명은 함부로 사람을 죽이는 인물이 아니라고 들었는데……."

"그런가?"

장권호는 서귀의 말에 인상을 찌푸렸다. 그러자 어느새 눈을 뜬 이석옥이 싸늘하게 말했다.

"무적명은 우리에게 있어 자존심과도 같은 분이야. 그런 분이 장백파 같은 변방의 문파를 멸문시킬 리가 없지. 그분을 그렇게 함부로 입에 담지 말라고. 네게 빚을 졌으니 참아주지만 중원에서 그분의 별호를 그렇게 함부로 말하다간 큰 낭패를 볼 것이야."

운기를 하면서도 목소리는 다 들은 듯한 그녀의 말에 장권호는 자리를 털고 일어섰다.

"내가 실례를 했군. 무적명이란 분이 그렇게 대단한 분인 줄 몰랐으니 이해하게나."

장권호의 말에 이석옥도 일어서며 그를 쳐다보았다.

"무엇 때문에 그분을 찾는 건지 모르나, 아마…… 중원에서 그 누구도 협조하지 않을 것이야."

"그렇겠지. 충고 고마워."

장권호는 손을 들어 보인 후 곧 천천히 걸음을 옮기기 시·작했다. 그러자 이석옥이 장권호의 등을 향해 다시 말했다.

"개봉에 온다면 풍운회에 들러. 고맙다는 인사도 제대로 못했으니 말이야. 일단 신세는 진 게 사실이니까."

"그렇게 하지."

장권호는 짧게 대답하며 곧 그들의 시야에서 벗어나 밖으로 나갔다.

"무적명이라……."

유호는 조금 심각한 표정으로 서귀와 이석옥을 쳐다보았다. 이석옥도 조금 의외라는 듯 자리에 앉으며 입술을 깨물었다.

"분명 장백파는 내분으로 서로 싸우다가 무너진 것으로 보고받지 않았습니까?"

"그런 변방의 오랑캐 문파가 어찌되든 우리가 무슨 상관이지? 신경 쓸 필요도 없어."

이석옥의 목소리에 유호는 고개를 끄덕였다. 장권호에게 호감을 가졌으나 그가 한족이 아닌 다른 민족이란 사실에 그 감정이 반감되었다.

"누군가…… 아니면 어느 단체가 무적명의 이름을 사용해 장백파를 멸문한 것인지도 모르지요."

서귀의 목소리에 이석옥과 유호는 고개를 끄덕였다.

"흥미가 가는 일인데 따로 조사를 해볼까요?"

서귀의 물음에 이석옥은 가만히 생각하다 곧 고개를 저었다.

"아니…… 그럴 필요 없어. 괜히 관여했다가 목숨만 날아갈지도 모르니까……. 거기다 이민족에 대해선 상당히 배타적인 사람들이니까."

이석옥의 말에 서귀는 선선히 수긍한 표정으로 고개를 끄덕였다.

"우리도 출발 준비를 하지. 가까운 마을에서 쉬기로 하고 말이야. 부상이 악화될지도 모르잖아?"

"알겠습니다."

이석옥이 먼저 일어나자 유호가 서귀를 부축하며 일어섰다. 곧 그들도 연무장을 떠나 밖으로 향했다. 남은 자리엔 불이 안 꺼진 모닥불만이 홀로 타고 있었다.

　타닥! 탁!

　그 불이 바람에 흔들렸고, 그들은 오늘 본 장권호와 장백
파의 일에 대해서 크게 생각지 않았다. 더욱이 이 일이 무림
에 큰 파란을 가져올 것이라고 여기지도 못했다.

제3장

화가 나는 죽음

　다리를 다친 토끼를 잡아 집에 가지고 온 것은 여덟 살 때의
일이었다. 그 당시 모든 산중의 동물들이 먹을 것으로만 보이던
내게 다리를 다친 토끼는 먹을 것이 아닌 것처럼 보였다. 그게
어떤 감정인지는 모르나 치료를 해야 된다고 생각했다. 그런 마
음에 정성스럽게 치료해주고 다리가 다 나을 때까지 함께 생활
했다.

　결국 토끼는 다리가 다 나았고 나는 그 토끼를 산중에 풀어주
었다. 그때 나와 토끼의 우정을 상징하기 위해 목에 내 소맷자
락을 찢어 묶어 주었다. 토끼는 힘차게 산으로 뛰어갔고 순식간
에 사라졌다.

　나는 기뻤고 왠지 마음이 뿌듯했다. 하지만 다음 날 잔가지를

베러 산에 갔을 때 반 토막 난 토끼의 시신을 발견하자 온몸에서 분노가 일어나는 것을 느꼈다. 나와 함께했던 토끼의 시신이었기 때문이다. 그 이후 며칠 동안 홍수를 찾기 위해 온 산을 뒤지고 다녔다. 그것이 원한이란 것을 나중에야 알았다.

슥! 슥!

자기 키만 한 싸리 빗자루를 든 이십 대 초반의 여성은 허름한 옷차림에 조금 창백한 안색을 하고 있었다. 그녀는 비질을 하다 반대편에서 사람이 걸어오자 재빠르게 허리를 숙였다. 허리를 숙인 그녀의 옆으로 다가온 청년은 곧 걸음을 멈추었다.

"몸은 좀 어떻소?"

청년의 물음에 그녀는 시선을 들었다. 그녀의 눈에 들어온 청년은 단정한 외모의 이십 대 중반의 청년이었다. 그가 입고 있는 옷은 백색의 장삼으로, 신분이 높아 보였다. 그런 청년이 직접 건강을 묻자 그녀는 조금 황송한 듯 고개를 다시 숙였다.

"많이 좋아졌습니다."

마치 기어들어가는 듯한 그녀의 아주 작은 목소리는 귀를 기울이지 않으면 듣지도 못할 정도였다. 하지만 청년은 익숙한 듯 미소를 입가에 그리며 말했다.

"다행이오. 식사는 거르지 말고 꼭 하시오."

"예······. 감사합니다."

그녀는 다시 한 번 허리를 숙였다. 곧 청년이 걸음을 옮겨 멀어지자 한참 동안 허리를 숙이고 있던 그녀가 고개를 들어 그의 뒷모습을 쳐다보았다.

"그렇게 뚫어지게 본다고 도련님이 고개를 돌릴 것 같으냐?"

"어머나!"

옆에서 들려오는 목소리에 깜짝 놀란 그녀가 고개를 돌리자 화난 표정으로 서 있는 유모가 보였다. 유모는 사십 대 중반으로, 주인님을 어릴 때부터 키웠기 때문에 주인님이 어머니처럼 모시는 인물이었다.

"죄송합니다, 죄송합니다."

"뭐가 그렇게 죄송한 것이냐? 얼른 마무리하고 와서 주방 일 좀 돕거라."

"예, 알겠습니다."

그녀가 재빠르게 대답하며 비질을 다시 하자 유모는 생각난 듯 물었다.

"애는?"

"예?"

화들짝 놀란 그녀가 다시 유모를 쳐다보자 유모를 혀를 차며 말했다.

"이런 쯧쯧! 신경도 못 썼는가? 내가 가볼 테니 너는 마무리하고 주방에 가봐라."

"예……."

그녀가 고개를 숙이며 기어들어가는 목소리로 대답하자 곧 유모는 빠른 걸음으로 사라져갔다. 그 모습을 본 그녀는 깊게 숨을 내쉬다 소매로 눈가를 훔쳤다.

자신도 모르게 눈물이 흘러나왔기 때문이다.

쏴아아아!

비가 쏟아지는 날이라 거리에 사람도 없었다. 시장은 일찍 문을 닫았고 어디를 가든 인적이 드물었다. 그런 날, 창백한 안색에 마치 며칠 오물에 구른 듯 지저분한 모습으로 걷고 있는 여자가 있었다. 더욱이 그녀가 특별히 눈에 띄는 건 가슴에 아이를 안고 있다는 점이었다.

그녀는 지나가는 사람을 볼 때마다 붙잡고 구걸을 하였다. 자신은 굶어도 되니 아이만큼은 굶기고 싶지 않다고 사정을 하였으나 사람들은 그저 지나치기만 할 뿐, 그녀에게 관심을 가지는 사람이 없었다.

비까지 와서 거리에는 더욱 사람이 없었고 그녀는 현기증이 나는지 지친 표정으로 아무 곳에나 앉았다. 하지만 앉자마자 그녀는 힘없이 옆으로 쓰러졌고 아이는 엄마의 품에서 벗어나자 마치 처음 세상에 나온 아이처럼 크게 울기 시작했다.

빗소리에도 아기 우는 소리는 담을 넘어 집 안으로 들어갔다. 그 소리에 작은 뒷문이 열렸고 안에서 이십 대 중반의 청년이 걸어 나왔다. 그의 뒤로는 사십 대 중반으로 보이는 중년 여인이 서 있었는데 청년이 쓰러진 여자를 안아들자 중년 여인은 아이를 안았다. 둘은 곧 문을 통해 안으로 들어갔다.

눈을 뜬 여인은 처음 보는 천장과 따뜻한 온기에 놀라 일어섰다. 본능적으로 자신의 아이를 찾던 그녀는 한쪽에 앉아 있는 중년 여인의 품에 안겨 있는 아이를 발견하곤 눈을 크게 떴다.

"일어났구나."

눈이 마주치자 중년 여인이 그녀를 쳐다보다 곧 아이를 그녀의 품에 안겨주었다.

"이름이 무엇이냐?"

중년 여인의 물음에 그녀는 아이가 무사한 것을 확인하곤 공손하게 대답했다.

"유농아입니다."

낮고 작은 목소리였다. 그러자 중년 여인은 고개를 끄덕이며 말했다.

"길바닥에 쓰러져 있던 너를 우리 도련님께서 데려오셨으니 그리 알거라."

"예?"

유농아가 영문을 몰라 쳐다보자 중년 여인은 다른 설명 없이 자리에서 일어나 말했다.

"몸이 다 나을 때까지 이곳에서 머물다가 떠나거라. 우리 대정문의 담벼락 아래에서 사람이 죽었다는 소리를 듣기 싫었을 뿐이다. 그래서 데려온 것이니."

"저…… 저기."

유농아가 머뭇거리며 쳐다보자 중년 여인은 아미를 찌푸리며 유농아를 쳐다보았다. 그러자 유농아가 침을 삼키며 말했다.

"갈…… 갈 곳이 없습니다."

그 말에 중년 여인은 난감한 표정을 보였다. 그러다 아이를 안고 있는 그 모습이 딱했는지 천천히 입을 열었다.

"그 문제는 차후에 이야기하자. 일단 지금은 몸조리나 잘하거라. 그리고 나는 방화라 한다."

"예…… 예, 알겠습니다."

방화의 말에 유농아는 깊게 대답하며 고개를 숙였다. 그 모습을 잠시 바라본 방화는 안타깝다는 생각을 하였다. 그녀는 곧 생각을 접고 밖으로 걸어 나갔다.

"휴우……."

유농아는 처음 이곳 대정문(大正門)에 들어온 날을 떠올리다 곧 고개를 저으며 물을 길었다. 우물에서 물을 길은 그녀는 빠른 걸음으로 주방을 향해 걸어갔다.

문득 그녀는 누군가의 발소리에 잠시 걸음을 멈추고 고개를 돌리다 우측에서 걸어오는 두 명의 청년을 발견하였다. 곧 그녀는 뒤로 물러났다.

두 명의 청년 중 한 명은 이곳 대정문의 문주인 정영이었다. 정영의 얼굴이 그녀에겐 더없이 잘생겨 보이는 것은 왜일까?

그 옆의 청년은 처음 보는 청년으로, 대정문의 사람처럼 보이지는 않았다. 정영보다 조금 큰 키에 강렬한 눈매를 지닌 그는 검은 머리와 입고 있는 흑의가 잘 어울리는 청년이었다.

그리고 그 흑의청년이 정영의 오랜 친구라는 것을 저녁이 되어서야 알았다.

저벅! 저벅!

둘의 모습이 빠르게 유농아의 앞을 지나쳤고 유농아는 허리를 숙였다. 그런 그녀를 흑의청년은 슬쩍 한 번 바라보았다.

"장백파의 일에 대해선 할아버님도 안타까워하시네."

"훗!"

작은 호수가 있는 정원의 한쪽에 지어진 정자에 올라앉은 둘은 표정이 상반되어 있었다. 정영은 걱정스러운 듯 어두웠지만 흑의청년은 오히려 입가에 미소를 그리고 있었다. 안타까워해야 할 사람이 있다면 흑의청년일 것이다.

하지만 정영은 그게 청년이 슬퍼하는 표정이란 것을 잘 알고 있었다. 장백파의 참사에 대해서라면 다른 누구보다 슬퍼하는 사람이 자신의 친구인 눈앞의 청년일 것이다.

"권호."

"……?"

이름을 부르자 장권호가 시선을 들었다. 정영은 장권호가 쳐다보자 술잔에 술을 따르며 말했다.

"무적명은 전설적인 인물이네. 알고는 있나?"

또르륵!

술잔에 술이 부딪히며 옥구슬 굴러가는 소리가 퍼졌다. 그 소리에 잠시 귀를 기울이던 장권호는 곧 술을 마신 후 시선을 호숫가로 돌렸다. 입 안에서 느껴지는 죽엽청의 짙은 대나무향이 쓰게 다가왔다.

"모르니까 여기에 왔지. 나보다는 중원에 대해서 잘 알잖아?"

그의 말에 정영은 미소 지었다. 생각보다 장권호의 심리 상태가 안정되어 보였기 때문이다. 적어도 자신이었다면 저렇게 담담하게 앉아 있지 못했을 것이다. 자신의 문파가 거의 괴멸되다시피 하고 사형제들이 모두 죽으면 과연 가만히 앉아만 있을 수 있을까?

절대 그러지 못할 것이다.

정영은 술잔을 내려놓은 후 굳은 표정으로 입을 열었다.

"친구로서 조언을 바라나?"

정영의 목소리에 장권호가 시선을 던졌다. 정영은 다시 말했다.

"포기하게."

장권호의 미간에 주름이 그려졌다. 그러자 정영은 술잔에 술을 다시 따르며 말했다.

"자네는 깊은 산속에서만 살았기 때문에 잘 모를 거야. 무적명은 함부로 입에 올릴 인물이 아니네. 여기야 변방에다 장백파와 가까우니 상관없다지만 중원 깊숙이 들어가 함부로 무적명을 입에 담았다간 무수히 많은 적이 생길 수도 있네."

"참고하지."

장권호는 가벼운 말투로 대답했으나 눈빛만큼은 섬뜩하게 번뜩였다. 그 모습을 놓치지 않은 정영은 내심 깊은 한숨을 내쉬어야 했다. 앞으로 그가 갈 길이 걱정되었기 때문이다.

"며칠 쉬면서 마음이라도 추스르게."

"그래야지. 허나…… 오래는 못 있어."

"어디로 가려는 건가?"

장권호의 대답에 정영은 조금 놀란 표정으로 그를 쳐다보았다.

"항산."

"음……."

항산이란 말에 정영은 자신도 모르게 침음성을 내뱉었다. 항산에 있는 항산파는 구대문파에 들어가지는 않으나 그 위세가 산서에서는 대단하기 때문이다.

"항산파에 가는 것인가?"

"그렇지."

장권호는 아무렇지도 않게 대답했다.

"복수를 하려면 무적명을 만나야 할 터인데, 항산파에는 왜 가려는 것인가?"

정영의 질문에 장권호는 술잔을 들어 가만히 손안에서 돌리더니 곧 싸늘한 눈빛으로 중얼거렸다.

"무적명이 중원의 전설이라면 그 전설에 다가가야 할 것 아닌가? 고려인이 중원을 들쑤시고 다니다 보면 언젠가는 나오겠지."

"흠……."

정영은 그 말에 침음을 삼키며 눈을 감았다.

"자존심이 강하잖아?"

장권호의 말에 정영이 눈을 뜨자 장권호는 다시 말했다.

"한족은 말이야."

그 말에 정영은 짧게 숨을 내쉬었다. 정영도 한족이었기 때문이다. 정영은 다시 한 번 술잔에 술을 따르며 어린 시절 장백산에 올라 장권호를 만났던 기억을 떠올렸다.

그러다 장권호와 대련했던 기억이 떠오르자 자신도 모르게 미소를 입가에 그렸다.

"그거 기억나나?"

"응?"

"우리가 처음 대련했을 때 말이야."

"물론 기억하지."

장권호도 기억난다는 표정으로 고개를 끄덕였다. 정영은 술을 마신 후 천천히 말했다.

"자네 일권에 엉덩방아를 찧고 독이 올라 마구 덤볐었지…… 자세는 흐트러지고 마음만 급했는데 결국 다시 일권을 맞고 정신을 잃은 후에야 끝났지."

"그때…… 음…… 좀 미안했어."

"하하하! 누가 그 말 듣겠다고 했나? 그랬다는 거지."

정영의 호탕한 웃음소리에 장권호는 미소를 보이며 말했다.

"보름 동안 내내 나하고 비무만 했지. 독한 놈."

장권호의 말에 정영도 미소를 보였다.

"그때처럼 자존심이 상한 적이 없었거든…… 기필코 이기겠다는 마음으로 수련했었네."

"그래서 그렇게 강해진 것이로군. 이제 보니 다 나 때문이었네?"

"뭐, 계기는 그렇지……. 하지만 고려인인 자네에게 졌다는 게 더욱 컸었네."

"음……."

장권호는 그 말에 미미하게 고개를 끄덕였다.

"아마…… 중원에서도 자네의 상대는 그리 흔하지 않을 거야. 그건 내가 보증하지……. 하지만 돌풍은 인젠가는 사그라지고 그 후폭풍이 더욱 무섭다는 것을 알아야 하네. 단지 이민족이란 이유 하나만으로도 자네를 죽이려고 드는 사람들이 생길 거야……."

"걱정하는 것인가?"

"물론."

"하지만 방해하지는 말게."

"내가 말린다고 안 갈 사람인가? 일단 끝장을 봐야 멈출 테지."

그 말에 장권호는 기분 좋은 표정으로 자리에서 일어섰다.

"오늘은 이만하지. 술도 다 마셨는데……."

"그렇게 하지. 참, 내일 손님이 온다고 하는데, 만날 생각 없나?"

"손님?"

"그렇네."

정영이 자리에서 일어나 다시 말했다.

"자네도 아는 사람이야."

"그래? 누군데?"

"백옥궁의 가 소저네."

"아…… 백옥궁……. 근데 가 소저가 누구지?"

장권호가 마치 정말 모른다는 표정으로 쳐다보자 정영은 다시 한 번 웃으며 장권호의 어깨를 잡았다.

"자네하고 나하고 어릴 때 함께 놀던 그 사내 같은 여자 있잖은가? 자네 사매하고 대련하면서 싸우던 여자 말이야."

"아…….."

장권호는 그제서야 생각난다는 표정으로 고개를 끄덕였다. 문득 사내 같던 짧은 머리의 여자아이가 떠올랐다. 그것도 벌써 십 년 전의 일이었다.

"백옥궁에서 장백파의 일을 조사하기 위해 나온 모양이야."

백옥궁과 장백파는 오랜 옛날부터 친분이 두터운 문파였다. 그리고 대정문은 장백파와 백옥궁의 두 제자가 만나 혼인하여 만든 곳이었다.

그 후계자가 정영이었다. 그렇다 보니 정영은 장백파와 친분이 두터웠고 백옥궁과도 친분이 있었다.

"그렇게 알고 있지."

고개를 끄덕인 장권호는 곧 정영의 어깨를 두드려주곤 먼저 걸음을 옮겨 자신의 처소로 향했다.

하늘에 떠 있는 반달을 바라보며 걷던 장권호는 귓가에 들리는 소리에 걸음을 멈추었다.

"응애! 응애!"

아기의 울음소리가 가까이에서 들리자 장권호는 방향을 바꾸어 걸었다.

얼마 걷지 않아 작은 담장이 나왔고, 문 안에는 이제 한두 살 된 듯 보이는 아이를 안고 있는 조금 어린 여자가 정원 옆에 놓인 작은 돌 위에 앉아 있었다. 그녀는 유농아였고 품에 안겨 있는 아기는 그녀의 아들이었다.

"차라리 죽어버렸으면 좋겠어……."

가만히 앉아 있는 것처럼 보이던 유농아가 아기를 안은 채 허리를 깊게 숙였다. 그러자 아기의 울음소리도 사라졌으며 주변은 한없이 조용하게 가라앉았다. 마치 숨을 못 쉬게 조르는 것처럼 보이자 장권호는 깜짝 놀라 다가갔다.

그 발소리에 놀랐을까? 유농아는 허리를 펴고 고개를 들었다.

"응애! 응애!"

아기의 울음소리가 그제서야 크게 울렸다. 유농아는 마치 자신이 큰 잘못을 저지르다 발각된 사람처럼 조금 떨리는 시선으로 장권호를 쳐다보았다.

장권호는 잠시 인상을 쓰다 곧 부드러운 표정으로 손을 내밀었다.

"안아봐도 되겠소?"

유농아는 장권호가 이곳 대정문의 손님이란 것과 정영의 친구라는 사실을 잘 알기에 저도 모르게 고개를 끄덕였다. 아니, 그보다는 무언가 잘못한 것에 대한 반사적인 행동이라 봐야 할 것이다.

아이를 안아든 장권호는 볼을 만지며 손가락으로 장난질을 치기 시작했다. 아이의 작은 손에 자신의 엄지를 걸어놓은 장권호는 웃고 있는 아이의 얼굴을 가만히 쳐다보며 미소를 그렸다.

"무슨 사연이라도 있소?"

장권호의 물음에 유농아는 대답을 못하고 고개만 숙였다.

"동물도 자식만큼은 끔찍이 사랑한다는데 당신은 그렇지 않은 모양이오……."

장권호의 말에 유농아는 자신도 모르게 어깨를 떨었다. 그러자 장권호가 시선을 유농아에게 던지며 물었다.

"자기 자식을 죽이려 하는 부모는 없다고 들었소……. 무슨 이유라도 있는 것이오?"

"그게……."

유농아는 쉽게 입을 열지 못하였다. 그 모습에 장권호는 짧게 한숨을 내쉬며 다시 말했다.

"본래 남의 일에 대해서 크게 관심을 가지는 성격이 아니오. 하지만 오늘만큼은 관심이 갈 수밖에 없소. 당신의 행동이 나를 부른 것뿐이니 말해보시오. 혹시 도움되는 일이 있을지도 모르지 않소?"

장권호의 부드러운 목소리에 유농아는 의외라는 듯 그를 쳐다보았다. 장권호의 조금 싸늘해 보이던 인상이 달라 보였기 때문이다.

"아신다 해도…… 도움 되는 일은 없을 것 같아요."

"무슨 말이오?"

"아니…… 오히려 저를 어리석은 사람이라 생각하실 것이에요."

유농아는 고개를 저으며 낮은 목소리로 말한 후 자신도 모르게 흐르는 눈물을 감추지 못하고 장권호에게 보였다. 장권호는 그녀의 볼을 타고 흘러내리는 눈물을 보자 더욱 호기심이 일어났다.

"나도 어리석은 사람이오……."

장권호는 가만히 중얼거리며 아이의 볼을 쓰다듬었다.

"애 아빠와 관련된 일이오?"

유농아는 천천히 고개를 끄덕였다.

장권호는 자신의 예상대로 그녀가 아기 아빠와 관련되어 고민한다고 생각했다. 아이가 있고 어미가 있는데 아비가 없다면 당연히 누구라도 그렇게 생각할 것이다.

"아비가 참 못난 사람인가 보오……. 이렇게 처와 자식을 버려두다니 말이오."

장권호의 말에 유농아가 다시 한 번 어깨를 떨더니 전과는 확연히 다른 차가운 표정으로 말했다.

"아비는 없어요. 원수만 있지……."

"……?"

장권호는 그녀의 말에 의문 어린 시선을 던졌다. 유농아는 장권호의 눈을 피하며 땅만 내려다보았다. 그러다 천천히 입을 열었다.

"제 소원은 이 애의 아비가 죽는 것이에요……."

"음……."

자신의 예상과는 조금 다른 일인 것 같다는 생각이 문득 장권호의 머릿속에 떠올랐다. 조금 가벼운 마음으로 유농아의 말을 들어주려 한 것인데 그게 왠지 모를 큰일처럼 다가왔다.

"아이의 아비가 철천지원수라도 되는 모양이오?"

"그래요."

유농아의 대답에 장권호는 미간을 찌푸렸다. 그냥 농담처럼 던진 말에 유농아는 원한이 가득한 목소리로 대답을 해주었기 때문이다.

"가끔 이 아이의 얼굴이 그놈처럼 보일 때가 있어요……. 하지만 분명히 내 배에서 나온 아이……."

유농아의 말에 장권호는 침묵했고 유농아도 한동안 말을 잇지 않았다. 잠시의 시간이건만 꽤 오랜 시간이 흐른 것 같다는 착각이 들었다.

어딘가에서 부엉이 우는 소리와 풀벌레들이 장난스럽게 연주하는 음률에 세상이 젖어갈 때 유농아는 다시 말했다.

"몇 번이고 같이 죽으려고 했어요……. 그놈의 아이가 배 속에 있다는 사실을 알았을 때 자살을 결심했지요……. 하지만 칼을 들고 목을 찌르려니…… 두려웠어요……."

그녀의 말에 장권호는 말없이 고개만 끄덕였다. 자신의 목을 스스로 찌르려 하는데 어찌 두려움이 없을까. 어떤 사람이라도 두려움은 있을 것이다. 그것은 고통과 죽음에 대한 본능적인 두려움이었다.

"그렇게 몇 번이고 두려움에 몸을 떨다…… 그냥 도망쳤지요……."

유농아의 말을 들은 장권호는 고개만 천천히 끄덕였다. 이렇게 말을 들어주는 것만으로도 그녀에게는 큰 힘이 되어줄 것이다. 하지만 그 사실을 그는 알지 못했다. 단지 이야기는 다 들어야겠다는 의무감에 진지한 표정으로 들었다.

무엇보다 호기심이 컸다. 도대체 어떤 놈이기에, 어떤 아비이기에 부인이 철천지원수라고까지 말하는지 알고 싶었다.

아직까지 자신의 사상으로는 도저히 이해가 안 가는 이야기였다.

"소저의 마음은 알겠으나…… 솔직히 어떻게 원수의 아이를 가질 수 있는지 이해가 안 간다오."

"그건……."

유농아는 입 속에서 무언가 씹듯이 오물거렸다. 말을 하려 하지만 목소리가 흘러나오지 않는 사람처럼 보여서 한순간이지만 벙어리가 아닌가 하는 생각이 들었다. 그렇게 몇 번이고 말을 주저하던 유농아가 입술을 깨물며 천천히 말했다.

"저는 평서촌 괴량산 인근에 자리한 정루문에서 태어났어요……."

그렇게 입을 연 그녀는 자신의 과거를 천천히, 아주 조심스러운 표정으로 장권호에게 말해주었다.

유농아는 평서촌에서도 유지인 정루문주의 막내딸로 태어났다고 한다. 위로는 두 명의 언니와 한 명의 오빠가 있었다. 세 명 다 막내인 유농아에게는 좋은 오빠였고 언니들이었다고 한다.

특별하게 어려운 것도 없었고 정루문에서 일하는 사람들은 그녀를 '아가씨'라 부르며 잘해주었다.

어머니와 아버지의 사랑을 받으며 자라나던 칠 년이었다. 남부럽지 않은 가정에서 즐겁고 행복한 나날을 보내고 있었다.

하지만 그러한 행복도 칠 세 막바지가 되어서 끝이 났다. 막룡과 그 패거리가 정루문에 온 그날은 그녀에게 있어서 악몽이었다.

많은 사람들이 죽었고, 병풍 뒤에 숨어 있었기에 보지는 못했지만 부모님의 단말마마저도 분명하게 들었다.

시신을 보지는 못했지만 언니들과 오빠들도 죽었다는 것을 예감했다.

그렇게 하룻밤 병풍 뒤에서 몸을 떨었고, 다음 날 아침이 되어서야 조심스럽게 밖으로 나온 유농아는 피로 얼룩진 방 안의 풍경에 한동안 말을 하지 못하였다.

그리고 정신을 차리고 밖에 나왔을 때, 시신을 치우던 막룡의 수하 한 명과 눈이 마주쳤다. 그게 그녀에게 또 다른 불행의 시작이었다.

막룡에게 끌려온 그녀는 한없이 울었다. 울고 또 울었다. 그 모습이 측은했을까? 막룡은 그녀를 살려주었다.

그때부터 도망치기 전까지, 유농아는 작은 방에 갇혀 십몇 년이란 시간을 보내야 했다.

처음 몇 년은 특별한 일이 없었다. 시간이 되면 식사가 나왔고 아무도 간섭하는 사람이 없었다. 단지 집 앞마당을 벗어날 수 없다는 것만 제외하면 모든 게 자유로웠다.

그래도 즐겁지 않았다. 살아 있다는 것에 감사했지만 즐거운 일은 아니었다. 부모님의 복수를 해야 한다는 생각을 했지만 그녀는 그렇게 할 수가 없었다. 용기가 없었기 때문이다.

십오 세가 되었을 때 또다시 악몽이 시작되었다. 어느 날 막룡이 방 안으로 들어와 그녀를 덮친 것이다.

그렇게 막룡은 삼 년 동안 그녀에게 육체를 요구했고 간혹 반항하면 자신의 방으로 끌고 가 막 납치한 여자의 목을 자르며 협박했다.

유농아는 그 끔찍한 악몽이 언제 끝날지 몰라 그저 두렵기만 했다.

그러던 어느 날 시작된 입덧으로 임신했다는 것을 알게 되자 모든 두려움이 원한과 증오로 바뀌었고, 도망이라도 쳐야 한다는 용기를 주었다.

그렇게 기회를 보았다. 임신을 하자 다행히 막룡은 더 이상 그녀를 건들지 않았다. 배가 부른 그녀를 보는 막룡의 눈빛이 조금 누그러진 것이다. 그것을 유농아는 본능으로 알았다.

이제야 자신에게도 기회가 생기리라는 사실을 예감한 것이다. 그리고 아들이 태어나자 막룡은 뛸 듯이 기뻐했다. 하지만 유농아는 기뻐할 수가 없었다. 언젠가 막룡이 필요성이 사라진 자신을 죽일지도 모른다는 생각이 들었기 때문이다.

그리고 그녀의 예상대로 막룡은 어느 날 그녀에게 아기가 어느 정도 자랄 때까지는 죽이지 않겠다는 말을 하였다.

하늘이 원망스러웠고 자신의 신세가 저주스러웠다. 아기를 죽이고 싶었으나 자신의 몸으로 낳은 아기였기에 그렇게 할 수가 없었다.

유농아는 결국 기회를 보아 이곳을 벗어나야겠다는 생각을 하였다. 그리고 그 기회는 막룡이 정루문을 비운 사이에 나타났고 유농아는 주저 없이 정루문을 빠져나와 이곳 대련에 있는 대정문에 이르렀다.

"불쌍하군……."

불쌍했다. 그저 그런 생각밖에는 들지 않았다. 장권호는 깊은 숨을 삼키더니 곧 아기를 유농아의 손에 넘겨주었다.

"그놈은 나쁜 놈이지만 이 아이는 죄가 없소."

장권호의 말에 유농아는 그저 침묵했다.

"그러니까 죽이려는 생각도 버리시오. 누가 뭐라 해도 당신의 아들이 아니오?"

장권호는 천천히 다시 말하며 자리에서 일어섰다. 장권호가 쳐다보자 유농아는 고개를 숙였다. 장권호를 똑바로 쳐다볼 용기가 없었다.

아무리 자신의 처지가 억울하고 원망스럽다 해도 결국 자기 자식이었기 때문이다.

"그 막룡이란 자가 죽으면 잘 살 수 있을 것 같소?"

그 말에 유농아의 눈빛이 반짝였다. 그녀는 저도 모르게 고개를 들어 장권호를 응시했다. 그러다 문득 막룡을 죽이려다 죽어간 사람들을 떠올리며 고개를 저었다.

"잘 모르겠어요."

유농아는 깊은 원한을 가지고 있지만 그건 어디까지나 자기 자신의 감정이라고 생각했다.

"내가 오래 산 것은 아니지만 여러 사람을 통해 나쁜 놈들에 대해 듣기는 했소. 하지만 오늘 들은 그 막롱이 가장 나쁜 놈인 것 같소. 아니, 가장 나쁜 놈이오."

장권호는 가볍게 미소를 보이며 일어섰다.

"정말 나쁜 놈이오."

"나쁜 놈이 아니라 구더기 같은 인간일 뿐이에요."

유농아가 처음으로 살기까지 보이며 말하자 장권호는 그녀의 원한이 얼마나 깊은지 조금은 알 것 같았다. 그리고 문득 그녀가 대단하다는 생각이 들었다. 그런 모진 시간을 어떻게 견뎠을까? 보통 사람이라면 정신병자가 되었거나 자결했을 것이다.

"그놈은 무공도 고강해…… 몇 번인가 찾아온 강호의 고수들과 토벌대를 모두 죽였지요."

그렇게 말한 유농아는 살짝 눈살을 찌푸리며 마치 싫은 기억이 떠오른 듯 인상을 썼다. 그곳에 있을 때 찾아온 사람들의 모습은 언제나 비슷했기 때문이다.

그들은 늘 당당히 대문으로 들어와 초라한 시신으로 변해 뒤뜰에서 평생 잠을 자야 했다. 그런 일들이 몇 번 반복된 이후에는 더 이상 그렇게 당당하게 찾아오는 사람도 없어졌다.

"처음에는 부탁할 사람이라도 있으면 부탁하고 싶었어요. 대신 복수를 해달라고…… 그런 나쁜 놈을 죽여 달라고 말이에요. 강호에는 있잖아요. 협(俠)과 정의(正義)를 위해서 사파의 무리들을 정벌하고 몰아내야 한다고 말하면서 다니는 사람들이요."

유농아의 말에 장권호는 묵묵히 고개를 끄덕였다.

강호에 정의는 살아 있고, 그렇기 때문에 강호라는 이름에 사람들이 다가간다고 생각했다. 또한 정의로운 사람들이 사는 곳이었고 도리가 있는 곳이었다.

"그런데…… 왜 그럴까요……. 강호에 정의가 살아 있다고 생각했는데, 사람들은…… 선뜻 나서주지 않더군요……."

"음……."

"모두가 자기 목숨을 소중히 여겼고…… 대가를 바랐지요……."

그렇게 말한 유농아는 자신의 가슴에 손을 얹고는 침묵했다. 장권호는 그 침묵이 무엇을 말하는지 잘 알지 못하였으나 꽤나 무겁다고 생각했다.

얼마 지나지 않아 유농아가 다시 말했다.

"많은 사내들이 제 몸을 지나갔어요."

장권호는 그 말에 눈동자가 흔들렸다. 생각지도 못한 말을 들었기 때문이다. 그것도 너무나 갑작스러웠다. 하지만 유농아의 눈빛은 오히려 굳건하고 결연했다.

"그놈을 죽여주는 조건으로 몸뚱이를 원한다면 미련 없이 주었어요. 하지만…… 그 누구도 그놈에게 가지 않았지요……. 오히려 바보 취급을 당했지요. 몇 번이고 믿을 수 없다고 생각했으나 막상 남자들은 온갖 감언이설로 저를 유혹했고 늘 당해왔어요. 그래도 늘 마음 한구석으론 단 한 명이라도 좋으니 그놈에게 복수를 해주기를 바랐어요……. 단 한 명이라도……. 알면서도…… 그런 마음에……."

말을 하는 유농아의 어깨는 마치 추위에 떨고 있는 사람처럼 흔들리고 있었다. 그 모습이 한없이 작고 초라해 보였다. 자신의 속에 감추고 있던 모든 것을 장권호에게 말했기에 창피했을까? 아니면 시원했던 것일까? 유농아의 얼굴은 많이 피곤해 보였다.

장권호는 자신도 모르게 주먹을 쥐었다. 하지만 유농아의 눈에 그런 장권호의 손이 보이지는 않았다. 여전히 장권호의 표정은 변화가 없었고 목소리는 담담했다.

"왜 정영에게 말하지 않았소? 적어도 정영이라면 그러한 사연을 듣고 절대로 가만히 있지 않았을 것이오."

"문주님께요?"

유농아는 깜짝 놀란 표정으로 장권호를 쳐다보더니 곧 고개를 숙이며 저었다. 말도 안 된다는 표정이었다.

"그럴 수가 없었어요. 만약…… 그런 이야기를 했다면 저는 쫓겨났을지도 모르잖아요? 그럴 속셈으로 이곳에 들어왔다는 소리를 듣게 될까 두려워요……. 거기다 문주님께 폐 끼치고 싶은 생각이 없어요."

"정영은 강한 사내요. 막 모라는 작자보다 훨씬 대단한 고수라 쉽게 복수를 해줄 것이오."

"그렇다면…… 그렇다면 왜…… 왜 지금까지 가만히 있었나요? 그런 사람이라면 왜 여기서 멀지도 않은 괴량산의 일에 가만히 손 놓고 있었나요? 왜 그랬나요?"

유농아가 분노한 표정으로 묻자 장권호는 잠시 입을 닫았다. 자신도 그 일에 대해서 듣지 못하였고 괴량산의 막롱에 대한 이야기는 접한 사실이 없기 때문이다. 하지만 정영이라면 알고 있을 게 분명했다. 그런데도 가만히 있었다면 문제가 있는 게 아닐까?

유농아는 장권호가 일순 말을 못하자 당연하다는 듯 고개를 저으며 다시 말했다.

"자기 목숨을 버려가면서까지 저 같은 사람을 위해 움직여 줄 사람은 없어요. 아무리 협의지사라 해도 아무런 대가 없이 움직이겠어요? 그런 사람은 어디에도 없어요. 특히나 상대는 막롱이에요……. 악도(惡刀)라 불리는……."

"막롱이 그렇게 대단한 위명을 가지고 있다니…… 흥미롭군."

"그자의 이름을 듣자마자 포기한 사람들도 많았지요."

유농아는 자신이 본 사람들의 모습을 떠올렸다.

"정영에게 말해보시오……. 속 시원하게 말이오. 그럼 뭔가 수를 내놓을 것이오. 복수도 해줄 것이고……."

장권호는 미소를 보이며 엉덩이를 털고 일어섰다.

"어쩌면…… 당신이 이곳에 온 것이 운명이었을지도 모르오……."

"운명……."

유농아가 의문 섞인 시선을 던지자 장권호는 고개를 끄덕였다.

"막 모라는 작자가 곧 죽게 된다는 운명 말이오."

장권호는 곧 천천히 자신의 방으로 걸음을 옮겼다. 그 뒷모습을 유농아는 한참 동안 지켜보았다. 그가 대체 무슨 말을 한 것인지 잘 이해되지 않았기 때문이다.

다음 날 아침, 유농아는 큰 바구니에 문하생들의 옷가지를 담고 빨래를 하기 위해 우물가로 향했다. 가던 길에 반대편에서 걸어오는 정영과 마주치자 얼른 길을 열고 고개를 숙였다. 정영은 유농아를 발견하자 그녀의 앞에 다가와 넌지시 물었다.

"혹시 장 형 못 보았소?"

"예?"

유농아는 무슨 말인지 몰라 고개를 들었다. 그러자 정영이 부드럽게 미소를 보이며 다시 물었다.

"내 친구 말이오. 나와 함께 있던 친구를 못 보았나 해서 말이오."

그 말에 유농아는 그 친구가 장권호란 사실을 알게 되었다. 그녀는 곧 고개를 저으며 대답했다.

"어제 이후로 못 봤습니다."

"산책이라도 나간 건가……."

"예?"

유농아가 쳐다보자 정영은 손을 저으며 말했다.

"아무것도 아니오. 갑자기 사라져서 찾고 있었소……. 음…… 오늘 중요한 손님이 오시는데……. 아무튼 혹시라도 보게 되면 내게 알려주시구려."

"예, 알겠습니다."

정영은 심히 걱정된다는 표정으로 길을 걸어갔고 유농아는 문득 어젯밤의 일이 떠올랐다.

'설마…….'

막룡에게 간 것이 아닐까 하는 생각도 들었지만 그녀는 곧 고개를 저으며 우물가에 앉았다. 말도 안 되는 생각이었고, 잠시 산책이라도 나갔을 뿐이리라 여겼다.

하지만 가슴 한구석에 혹시나 하는 기대감이 드는 것은 왜일까? 이곳이 무림문파라서 그런 것일까? 유농아는 짧게 숨을 내쉰 후 빨래를 하기 시작했다.

　　　　*　　　*　　　*

"그런 일이 있었구려……."

객당에 앉아 있던 정영은 맞은편에 앉아 고개를 숙이고 있는 유농아를 한 번 쳐다본 후 정원 쪽으로 시선을 던졌다.

장권호가 말없이 대정문을 나간 지 열흘이 지났다. 그리고 유농아가 찾아온 것이다.

유농아는 장권호가 열흘 가까이 안 돌아오자 조바심이 일어났고, 자신 때문에 큰 문제라도 터지면 어쩌나 하는 걱정이 앞섰다. 어떻게 해야 할지 며칠 고민하다 결국 정영에게 털어놓았다.

"죄송합니다……. 죄송합니다……. 저 때문에…… 친구 분께 무슨 일이라도 생긴다면……."

"아니오……. 그런 건 크게 걱정할 필요가 없을 것이오."

유농아의 근심 가득한 표정을 본 정영은 손을 저었다. 그리곤 다시 말했다.

"그런 일이 있었다는 사실에 그저 놀랐을 뿐이오……. 나라도 그 이야기를 들으면 소매를 걷고 나갔을 것이오. 잘 말해주었소."

"예? 하지만 혹시 끔찍한 일이라도……."

"그런 일은 절대 없을 것이오."

정영은 당연하다는 듯 고개를 끄덕였다.

"외출한 것으로 생각하면 편할 것이오."

"하지만……."

여전히 걱정스러운 듯 유농아는 정영을 쳐다보았다. 정영은 곧 발걸음 소리가 들리자 시선을 돌렸고 멀리서 백색 그림자가 어른거리는 것을 보고 다시 한 번 유농아에게 미소를 보였다.

"안 그래도 괴량산에 가려고 했었소……. 막룡의 악명이 커질수록 우리 대정문에도 사람들이 점점 많이 찾아왔기 때문이오. 허나…… 지금은 때가 아니기에 잠시 기다렸을 뿐이오. 그런데 이 친구가 그냥 가버렸으니 마음이 한결 가볍구려. 잘했소이다. 유 소저는 방에서 기다리면 될 것이오. 조만간 좋은 소식이 올 테니 말이오."

정영의 말에 유농아는 눈을 크게 떴다. 이 사람이 막룡에 대해 전혀 모른다는 생각도 문득 들었다. 그는 잔인하고 흉악했으며 무공도 고강했다. 수많은 사람들이 그를 죽이려다 오히려 죽임을 당했다. 그런데 걱정하지 말라고 하니 이해가 안 될 수밖에 없었다.

"걱정하지 마시오."

정영은 다시 한 번 안심시키기 위해 다짐하듯 말했다. 그러자 유농아는 고개를 숙였다. 정영이 걱정하지 말라고 하니 그 말을 믿어야 했다. 자신이 아무리 걱정해도 결국 친구인 정영만은 못할 거란 생각이 들었기 때문이다.

"손님이 오셨구려."

정영의 말에 유농아는 깜짝 놀라 고개를 돌리다 며칠 전 대정문에 찾아온 백의미인을 떠올렸다. 그녀가 바로 뒤에 서 있었기에 유농아는 자신도 모르게 일어섰다.

"이만 가보겠습니다."

유농아는 급하게 인사한 뒤 밖으로 나갔다. 그녀가 나가자 백의미녀가 정영의 앞에 앉으며 검을 탁자 옆에 내려놓았다.

쪼르륵!

차를 스스로 따라 놓은 그녀는 정영에게 눈을 흘겼다. 정영은 그녀의 매력적인 눈동자가 참 좋다고 생각했다.

"여기서 일하는 하녀인 것 같던데…… 같은 자리에 앉다니……. 너도 참 인자한 건지 바보 같은 건지…… 쯧!"

그녀가 혀를 차며 말하자 정영은 미소를 보이며 대답했다.

"우리 대정문의 식솔은 모두 내 손과 발인데 같은 자리에 앉는다 한들 무슨 대수겠소?"

그의 말에 그녀는 고개를 살며시 저으며 말했다.

"무슨 이야기를 그렇게 나눈 건데?"

"막룡."

"막룡?"

그녀는 막룡이란 이름을 듣자 아미를 찌푸렸다. 곧 그녀는 반짝이는 시선으로 정영을 쳐다보았다.

"저 여자도 막룡에게 부모가 죽은 모양이야? 아니면 끌려갔다가 도망쳤거나……."

"호오…… 잘 아는 것 같소."

"그렇지……. 백옥궁으로 도망 온 여자들이 꽤 있으니까. 안 그래도 그놈의 수급을 가져오라는 궁주님의 명령만 기다리는 제자들이 많아."

"가 소저도 그중 한 명이오?"

"물론."

"하지만 막룡은 해남과 연관이 되어 있소이다. 그의 스승이 해남파의 육 선생이오……. 아무리 제자가 버러지라 해도 스승과의 인연이란 게 어디 쉽게 끊어지겠소이까?"

"버린 놈이라고 공식적으로 발표를 했는데 참을 필요가 있나?"

"안 그래도 풍운회에서 토벌대가 갔다고 하니 걱정할 필요가 있겠소이까? 또한…… 권호가 간 것 같소."

"……!"

장권호의 이름이 나오자 그녀의 눈빛이 변하였다. 그 모습에 정영은 씁쓸히 다시 말했다.

"그놈이 거기에 갔다고?"

"그런 것 같소. 좀 전에 나간 유 소저가 알려주더이다."

"아니, 저 여자는 그걸 어떻게 아는데?"

"유 소저가 괴량산 정루문의 마지막 후인이오……. 정루문주의 막내였다 하오……."

"……!"

그 말에 그녀는 살짝 아미를 찌푸리다 이내 반짝이는 시선으로 차를 한 잔 마시며 입술을 움직였다.

"불의를 못 참고 간 것인가……."

정영은 그 말에 선선히 고개를 끄덕였다.

제4장

차가운 사람

　가끔 사형들과 함께 시장에 내려오면 나는 늘 동네 아이들이 노는 모습을 쳐다만 봐야 했다. 같이 놀고 싶어도 그들이 안 끼워주었기 때문이다. 그래서 그들의 관심을 받고 싶어 그 옆으로 다가간 적도 많았다. 하지만 쉽게 친해지지 못해 한쪽 구석에서 사형들이 오기를 기다렸다. 그리고 사형들에게 친구를 만들어달라고 말도 안 되는 억지를 부렸었다. 사형들은 언제나 산속의 모든 것이 친구라고 말해주곤 했다. 하지만 말도 못하는 친구들은 필요가 없었다. 나는 함께 웃고, 놀고, 말을 할 친구가 필요했었다.

중원에서 변방이라 치부되는 지역에서 가장 유명한 명문 정파를 꼽으라면 대리국의 점창파와 천산의 천산파가 있다. 또한 남쪽의 해남파도 들어간다. 그리고 정사지간으로 북쪽의 백옥궁과 남쪽의 독문이 존재한다.

백옥궁이 유명한 이유는 그 독특한 무공에 있다. 백옥궁만의 한빙신공(恨氷神功)과 설학검법(雪花劍法)은 강호에서도 수위에 꼽히는 절기로 알려져 있는데, 얼음처럼 차가워 남자들이 익히기에는 무리가 있는 무공들이다. 그래서 백옥궁의 제자들은 여자로만 이루어져 있고, 여인문파라는 특성 때문에 강호의 남자들에게 크게 알려졌다.

하지만 중원과는 거리가 먼 동북지방에 자리를 잡고 있었으며 백옥궁의 제자들은 강호에 거의 모습을 드러내지 않았기에 유명세에 비해서는 활동이 활발하다 할 수 없었다.

단지 강호에 원한을 가진 백옥궁의 고수들이 간혹 나타났는데, 그녀들은 여지없이 강호의 초고수로 군림했다. 이백년 전 구마회의 한 명도 백옥궁 출신의 고수로 사람들에게 마녀라 불렸으며 그녀의 손에서 펼쳐진 한빙신공은 두려움 그 자체였다고 한다.

그런 백옥궁에서도 소궁주라 불리고 차가운 한기만 흘러넘치는 여자가 눈앞에 앉아 있었다. 정영은 기분이 좋으면서도 섣부르게 다가가지 못할 분위기에 어려워했다. 사람마다 나타나는 기도가 그녀는 유독 다르다고 할까? 범접할 수 없는 위엄이 있다고 할까?

늘 그랬다. 가내하를 보면 그 아름다움에 반하지만 다가가지 못할 분위기에 압도되어 늘 지금처럼 어느 정도 거리를 두고 말을 해야 했다.

"설마 내 얼굴 보기 싫어서 안 오는 건 아니겠지?"

"그럴 리가 있겠소."

정영의 대답에 가내하는 슬쩍 미소를 입가에 담았다. 정영의 속이 보였기 때문이다. 말은 저렇게 하지만 실제로 장권호가 자신을 피한다는 느낌을 받았다.

"그건 그렇고, 정루문의 생존자가 이곳에 있을 줄이야……."

"나도 놀랐소. 거기다 오래전의 일이었기에 크게 신경 안 쓴 것 같소이다. 막룡이 특별히 우리에게 피해를 입힌 적도 없었으니 말이오."

"막룡이라 해도 머리는 있겠지……. 그렇지 않았다면 예전에 죽었을 거야."

가내하는 자신의 이마를 손가락으로 '톡! 톡!' 치며 말했다. 괴량산에서 조금이라도 북쪽으로 이동했다면 백옥궁과 부딪혔을 것이다. 막룡이라 해도 백옥궁을 정면으로 상대할 생각은 없었을 것이다.

또한 동쪽으로 조금만 더 이동했다면 대정문과 부딪혔을 터였다. 대정문은 정루문과는 달리 동북지방의 패자인 거대문파였다. 제자만 이백에 달하는 곳으로, 고수들도 많은 곳이었다.

또한 대정문과 장백파, 백옥궁은 동북지방의 삼대거파였다. 더 이동하지 않고 딱 괴량산에서 멈춘 것이 막룡이 지금까지 살아남은 비결이었다.

"며칠 더 기다려보고, 안 오면 내가 괴량산에 가봐야겠어."

가내하의 말에 정영은 미간을 찌푸리며 고개를 저었다.

"굳이 그럴 필요 있겠소? 알아서 올 터인데……."

"그놈을 보러 가는 게 아니라 시신이라도 찾아올까 해서. 픗!"

가내하는 그렇게 말하며 자리에서 일어섰다. 그녀가 일어서자 정영은 조금 놀란 표정을 보이다 이내 미소를 지었다.

"가볼게. 그놈 오면 말해주고. 당분간 방에 있을 테니까."

"알겠소."

정영의 대답을 들은 그녀는 밖으로 나갔다. 그녀가 나가자 기다리던 호위무사 두 명이 뒤따라붙었다. 그녀들 역시 백색 옷을 입고 있는 것을 보니 백옥궁의 제자들이었다.

어둠이 내려오자 밤하늘은 별들이 마치 잔치라도 하듯 화려하게 옷을 입고 나타났다. 수많은 별들이 은하수를 이루었고 밝은 빛을 바라보던 유농아는 품 안에서 잠든 아이를 옆에 눕혀놓고는 밖으로 나왔다.

저벅! 저벅!

발자국 소리에 고개를 돌린 그녀는 밝은 달빛과 함께 나타난 검은 인영을 볼 수 있었다.

"오랜만이오."

간단한 인사를 하듯 가볍게 손을 한 번 들어 보인 사내는 유농아의 멍한 시선에 고개를 갸웃거리며 다가갔다.

반 장까지 다가온 사내의 모습을 본 유농아는 그제서야 정신을 차리고 허리를 숙였다.

"오…… 오랜만입니다."

그녀의 말에 사내는 그 어색한 행동이 재미있었는지 헛웃음을 흘리며 옆에 있는 작은 바위 위에 엉덩이를 깔고 앉았다.

"앉으시오."

손으로 옆에 있는 바위를 '툭!' 치며 사내가 말하자 유농아는 자신도 모르게 사내의 말대로 옆에 앉았다.

"괴량산에 갔었소."

"알아요……."

유농아는 그가 사라진 순간부터 예감하고 있었다. 그리고 내심 많은 걱정을 했었다. 그가 죽은 게 아닌가 하는 불안감 때문이다. 대정문에 피해를 준 것 같아 죄책감이 들었다. 그러한 죄책감에 많은 번민을 하였고, 며칠 정도 더 기다리다 장권호가 끝내 안 나타나면 밤에 몰래 대정문을 나갈 생각도 하였다.

"괴량산에 살던 사람들은 다 죽었소이다. 물론…… 그 막룡인가 뭔가 하는 놈도 말이오."

간단하게 말을 하는 장권호의 목소리에 유농아는 매우 놀란 듯 크게 눈을 떴다. 그녀의 모습에 장권호는 입가에 미소를 보이며 다시 말했다.

"믿지 못하는 것이오? 그럼 한번 가보시구려. 그곳 뒤뜰에 그 시신들을 모두 묻었으니까……. 물론 막룡은 옆에다가 따로 묻었소이다."

"정말…… 정말인가요?"

유농아가 전신을 미미하게 떨고 있었다. 믿을 수 없는 말을 들었기 때문이다. 그토록 많은 사람들이 덤비고도 죽이지 못한 막룡을 눈앞에 앉아 있는 사내는 마치 아무 일도 아니었다는 듯 가볍게 죽였다고 말했기 때문이다.

"막룡은…… 음…… 내가 죽였는데, 그 수하 놈들은 다른 놈들이 죽였소."

"네……."

"풍운회라고, 그놈들이 와서는 내 일을 방해했지만 뭐, 나야 막룡만 잡으면 그만이었으니."

장권호의 말에 유농아는 다시 한 번 어깨를 떨어야 했다. 풍운회에 대해서 강북무림 최대의 문파이자 무림인들의 자발적인 모임이라고 들은 기억이 있기 때문이었다. 정의를 내세우는 그들은 사파를 저주했고 강북에서 사파 무리들을 제거하고 있었다.

회주는 강북무림을 영도한다고 알려진 조천천이라 하였다.

강북일기(江北一技) 대영도협(大營道俠) 조천천.

강북무림을 이끄는 그는 소림과 무당, 화산의 사람들보다도 높은 지명도를 지닌 인물이었다. 풍운회에 소속된 수많은 무인들이 그를 따랐고 그가 지명한 사파인은 절대 일 년을 넘기지 못하고 풍운회의 이름하에 목숨을 잃었다.

"그랬군요……. 그처럼 대단한 곳에서 왔으니……."

유농아는 마치 무언가 넋이라도 빠진 사람처럼 힘없이 중얼거렸다.

왜 그들은 이제야 나타난 것일까? 몇 년만 더 일찍 왔다면 자신의 운명은 달라질 수도 있었을 것이다. 그런 원망이 들었다. 그리고 장권호와의 만남조차도 원망스러웠다. 이처럼 대단한 사람들은 왜 이제야 나타나 나를 이렇게 힘들게 하는 것일까? 고마움이나 복수를 했다는 희열보다 그러한 원망이 더욱 먼저 가슴에 다가왔다.

주륵!

유농아의 눈에서 눈물방울이 흘러내렸다.

그 모습이 안타까웠을까? 장권호는 오래 있지 못하겠다는 생각에 일어섰다.

"이제라도 마음의 안정을 찾으시오."

"고마워요."

소매로 눈물을 훔치던 유농아는 재빨리 자리에서 일어나 장권호에게 인사했다. 그녀의 인사에 장권호는 고개를 끄덕인 후 천천히 걸음을 옮겼다.

홀로 남은 유농아는 방 안에 앉아 멍하니 문밖을 쳐다보았다. 아이는 호롱불 옆에 누워 곤히 잠들어 있었고, 밤하늘은 구름 한 점 없이 맑아 수많은 별들이 반짝이고 있었다.

아무런 생각도 없었고 아무런 기억도 나지 않았다. 단지 막룡이 죽었다는 장권호의 말만이 메아리처럼 귓가에 맴돌기만 했다.

너무 기뻐 소리라도 지르고 뛰어 다니기라도 해야 했지만, 기분은 막룡이 살아 있을 때보다 더 깊은 어둠 속에 숨어버린 것처럼 가라앉아 있었다.

후원에 마련된 방에 들어서던 장권호는 방 안에 불빛이 반짝이고 있자 잠시 걸음을 멈추었다. 이미 자신이 왔다는 것을 알렸으니 하인들이 불을 미리 밝혀둔 것으로 여겼다. 불빛 자체에는 별 이상한 점이 없었으나 불빛에 사람의 그림자가 어른거리는 것을 보고 걸음을 멈춘 것이다.

밤이 깊어 아직 정영에게 자신이 왔다는 사실을 알리지 말라고 일러두었다. 그런데도 불빛에 반사된 검은 그림자가 있었다.

그림자는 정영이라 하기엔 호리호리했고 얼굴선이 고왔으며 머리카락을 쓸고 있는 모습에서 장권호는 당황하고 말았다.

문득 자신이 거처를 잘못 찾아온 게 아닌가 하는 생각이 들었다. 하지만 분명 자신이 머물던 곳임을 확인했고, 곧 장권호는 모르는 사람이 들어와 있다는 것에 살짝 기분이 나빠졌다.

하지만 객실로 들어서던 그는 다시 한 번 걸음을 멈추고 앉아 있는 여자를 쳐다보았다. 백색으로 치장된 장신구에 검은 머리카락이 대조되어 강한 인상으로 눈에 들어왔다.

"오랜만."

차를 마시던 가내하가 찻잔을 내려놓으며 슬쩍 미소를 보이자 장권호는 고개를 끄덕인 후 맞은편에 앉았다.

가내하의 눈동자가 호롱불빛을 받아 더욱 반짝였다. 그녀는 장권호의 전신을 한 번 살핀 후 다시 말했다.

"오랜만에 얼굴 한번 보려 했는데…… 사람 꽤나 기다리게 만들고."

가내하가 미소 지으며 말하자 장권호는 그녀가 자신을 기다렸다는 사실에 놀랐다. 하지만 그것보다는 기다리는 것을 싫어하는 그녀가 자신을 기다렸다는 것이 더욱 마음에 걸렸다.

"기다렸다니……?"

"장백산에 갔다가 네가 여기에 있다는 사매의 말을 듣고 달려왔는데…… 오니까 또 없어져서 조금 짜증났을 뿐이야."

가내하의 말에 장권호는 조금 미안한 표정으로 말했다.

"온다는 말은 들었는데 급한 일이 생겨서 잠시 나갔다 온 것뿐이니까 너무 화내지 말고. 오래 기다리게 해서 미안하군."

"내 얼굴 보기 싫어서 간 건 아니었고?"

가내하의 말에 장권호는 살짝 미간을 찌푸렸다. 정확하게 심중을 꼬집었기 때문이다. 장권호는 가내하가 도착한다는 말에 일부러 언제 온다는 말도 없이 떠났었다. 보름 정도 시간이 지나면 기다리다 떠날 거라 여겼기 때문이다.

하지만 가내하는 아직도 대정문에 머물고 있었다.

"그럴 리가……. 오랜만에 보니 많이 예뻐졌구나."

"훗!"

가내하는 그 말에 당연하다는 듯 웃음을 흘렸다.

"그런 말 듣고 싶어서 보자 한 건 아니야. 중원에 간다고 들어서 보려 한 것뿐이니까."

그렇게 말한 가내하는 자신의 볼일은 끝났다는 듯 자리에

서 일어섰다.

"네 얼굴 봤으니 이만 가볼게. 중원에서 죽지는 말라고."

"그러지."

장권호의 간단한 대답에 가내하는 차가운 시선으로 장권호를 한 번 본 후 곧 밖으로 나갔다. 그녀가 나가자 장권호는 찻잔을 잡았다.

"차가워……."

찻잔이 얼음처럼 차갑다는 것에 장권호는 고개를 저었다. 장권호에게 가내하는 세상에서 가장 상대하기 힘든 여자였다.

오늘도 뭔가 특별한 게 있어서 온 것도 아니었다. 그저 얼굴 보려고 왔다는데, 문제는 왜 얼굴을 보면서 살기를 드러내는지 모르겠다는 점이었다.

자신을 대할 때면 늘 살기를 드러내는 그녀였다. 장권호는 고개를 저으며 찻주전자를 잡았다.

퍽!

순간, 주전자가 마치 폭죽처럼 터지며 산산조각 났다. 그리고 얼어버린 찻물이 주전자 모양 그대로 탁자 위를 뒹굴자 장권호는 전보다 내력이 더욱 높아진 그녀의 실력에 눈을 반짝였다.

"백초…… 정도……. 훗! 많이 늘었군."

장권호는 가만히 중얼거리며 자리에서 일어섰다.

새벽 공기는 차갑게 방 안으로 밀려들어왔다. 아마 아침을 가장 먼저 가져다주는 것이 있다면 이 차가운 공기와 이 공기의 냄새일 것이다. 문득 그런 생각이 들었다.

문밖으로 새벽안개가 나타나자 유농아의 눈동자에 어린아이 세 명이 들어왔다. 낯이 익은 그들은 이름 모를 꽃들 너머에서 뛰어놀고 있었으며 그들 사이에서 한껏 기지개를 켜는 자신의 어린 모습이 나타났다.

유농아의 입가에 절로 미소가 걸렸다. 자신도 저 속에 있다는 점이 기분 좋은 것일까?

"제일 좋았지……."

유농아는 지금까지 자신이 살아오면서 가장 행복한 시간은 저렇게 아무것도 모른 채 뛰어놀던 때라고 생각했다.

그때로 돌아가고 싶지만 이제 더 이상 돌아오지 않을 시간이었고, 행복은 이미 저 멀리 사라져버린 후였다.

아이들 사이로 낯은 익지만 이제는 기억도 잘 나지 않는 아버지와 어머니의 모습이 보였다. 얼굴조차 희미한 기억 속의 존재였지만 자신에게 늘 따뜻한 미소를 보여주던 부모님들이었다.

주륵!

유농아의 멍한 두 눈에서 눈물방울이 흘러내렸다.

보고 싶어도 볼 수 없는 사람들의 모습들 때문이다. 문득 보고 싶다는 생각이 들었다.

유농아는 소매로 눈가를 훔치며 문득 자신의 옆에 누워 있는 아이의 얼굴을 쳐다보았다. 자신의 아이지만 한 번도 자신의 아이라고 생각한 적 없는 아이의 얼굴이었다.

"미안하구나······."

자신도 모르게 가만히 중얼거린 유농아는 곧 시선을 돌려 문밖을 쳐다보았다. 어느새 짧은 새벽이 지나고 해가 떠오르는 모습이 보였다.

햇살 사이로 사라지는 부모님과 형제들의 모습이 안타깝게 가슴을 때렸다. 유농아의 전신이 크게 흔들리기 시작했다.

"진작······ 찾아가야 했는데······."

유농아는 가만히 중얼거리며 눈을 감았다.

*　　　*　　　*

아침이 밝아오자 눈을 뜬 장권호는 문밖에서 사람의 발소리가 들리자 대충 옷을 입고 객실로 나갔다. 그러자 정영이 말끔한 얼굴로 나타났다.

"어제 왔다고 해서 이렇게 아침부터 찾아왔네."

"밤이 늦어 알리지 않았어. 미안하군."

"아니야. 무사히 온 것만으로도 다행이지."

고개를 저으며 말한 정영은 곧 궁금한 표정으로 물었다.

"그런데 어떻던가? 그 막룡이란 인물은 말이야."

"생각보다 별로였던 것 같아."

"허…… 그래?"

정영은 장권호의 말에 조금 어이없다는 듯 그를 쳐다보았다. 그런 시선을 느낀 것일까? 장권호는 슬쩍 미소를 보이며 다시 말했다.

"썩 마음에 드는 놈은 아니었어. 무공도 별로였고."

"하하하하!"

정영이 그 말에 호쾌하게 웃었다. 곧 그는 웃음을 멈추더니 입을 열었다.

"막룡은 그래도 이 동북지방에선 악명 높은 자인데, 그런 자를 그렇게 쉽게 말할 수 있다니 역시 대단해…… 역시……."

엄지손가락을 치켜세우며 고개를 끄덕인 정영은 기분 좋은 표정으로 다시 말했다.

"자네가 손을 써준 덕분에 내 할 일이 하나 줄어 다행이군."

"그 말은 조만간 손을 쓰려 했다는 뜻인가?"

"물론. 장백파에 대한 조사가 마무리되면 말이야……."

정영은 고개를 끄덕인 후 곧 시선을 돌리며 낮게 중얼거렸다. 그 말에 장권호의 안색이 조금 변하였다. 그렇다고 나쁜 쪽으로 변한 것은 아니었다.

"자네도 그때까진 여기에 머물면서 중원에 대한 공부를 하게. 내 사람을 붙여 줄 터이니."

"그러지……. 하지만 사람은 없어도 될 것 같아……. 하아가 올 것 같으니……."

장권호는 말을 하며 시선을 밖으로 던졌다. 그 시선을 따라 고개를 돌린 정영은 밖에 서 있는 가내하를 발견하고 자리에서 일어섰다.

"그녀에게 배우도록 하지."

"하하! 그렇게 하게나."

정영은 부러운 시선으로 장권호를 쳐다보다 밖으로 나갔다. 가내하와 마주친 정영은 가벼운 인사와 함께 그녀를 지나쳤다. 그때, 호들갑스럽게 하인들이 달려오는 것이 정영의 눈에 보였다.

곧 하인들이 몇 마디 말을 던졌고 정영은 깜짝 놀란 표정으로 급히 걸음을 옮겼으며 가내하도 매우 놀란 표정으로 장권호에게 달려갔다.

"허……."

문은 열려 있었고 방 안의 모습이 한눈에 들어왔다. 장권호는 조금 어이없다는 듯 방 안에 펼쳐진 풍경을 쳐다보고 있었다.

"말도 안 되는군……."

장권호는 방 안에 엎어진 채 눈을 감고 있는 유농아의 모습을 보면서 중얼거렸다. 유농아가 잠든 것이라고 볼 수도 있었으나 그녀의 주변에 붉게 퍼져 있는 것은 분명 피였고, 방 안에서 풍겨오는 비린 냄새는 분명 혈향이었다.

"자결이라……."

옆에 서 있던 가내하가 복부에 박혀 있는 단도를 쳐다보며 낮게 말했다. 그 뒤로 정영이 서 있었다. 그는 그저 참담한 표정으로 방 안을 쳐다보더니 곧 고개를 돌려버렸다. 그런 그의 전신이 크게 흔들리고 있었다.

"도저히 이해할 수가 없군그래……. 복수도 했는데…… 도대체 무엇이 그녀의 가슴에 남아 이런 짓을 했단 말인가……."

장권호는 믿을 수가 없다는 듯 중얼거렸다.

자신의 머리로는 도저히 이해가 안 되는 사건이 벌어졌기 때문이다. 분명 복수를 해주었다. 복수가 이루어졌으니 기뻐해야 당연한 것이 아닐까? 하지만 그녀는 자결을 하고 말았다. 이 상황이 도저히 머릿속에 들어오지 않았다.

지금의 이 상황도 현실이 아닐 거란 생각이 들었다.

"새롭게 삶을 시작할 수 있을 거라 여겼거늘……."

장권호는 씁쓸한 표정으로 고개를 저으며 중얼거리다 신형을 돌렸다. 그런 그의 주먹이 크게 떨렸다. 그 모습을 보던 가내하가 눈을 반짝이며 시신을 다시 한 번 살폈다.

"아이는?"

"유모에게 있소."

가내하의 말에 정영이 이마를 만지며 대답해주었다. 가내하는 고개를 끄덕인 후 장권호가 걸음을 옮기자 그 옆으로 다가갔다. 위로가 필요할 것 같았기 때문이다. 하지만 그의 분위기가 무거워 보여서 차마 말을 걸지는 못하였다.

파팟!

검날이 백색 안개를 만들며 사방으로 마치 꽃을 피우듯 움직였다. 햇살이 검날에 반사되어 일어난 빛무리는 잠깐 꽃을 피웠다가 순식간에 사라졌다. 그러기를 오랜 시간 동안 반복하던 중, 빛무리 사이에서 사람의 형상이 모습을 보였다.

가내하였다.

팟!

가내하의 신형이 가볍게 땅을 차며 반 장가량 뛰어오름과 동시에 앞으로 일 장이나 이동하였다. 가내하가 지나간 자리에서 십여 개의 검빛과 함께 안개 같은 기운이 사방으로 퍼져나가자 주변 공기가 차갑게 변하였다.

탁!

바닥에 내려선 가내하의 주변에서 안개가 회오리처럼 피어나더니 이내 허공으로 솟구쳐 사라졌다. 그리고 그녀의 주변 반 장의 땅에 서리가 내려앉았다.

가내하는 땅을 강하게 한 번 내리찍었다. 순간 백색 기운이 땅을 타고 앞으로 뻗어나갔고, 백색 기운이 지나간 길에는 여지없이 서리가 앉았다.

검을 들어 가볍게 땅을 튕기자 흙이 솟구쳤고, 가내하가 솟구친 흙을 향해 왼손을 뻗자 백색의 한기가 회오리처럼 흙을 휘감더니 곧 하나의 흙덩이를 만들었다. 서리가 앉은 흙덩이는 얼음같이 차가웠으며 그 단단함은 마치 쇠공 같았다.

그 뭉쳐진 흙덩이가 허공에서 빙빙 돌더니 곧 가내하가 앞으로 뻗은 왼손을 따라 포탄처럼 튕겨나갔다.

쾅!

흙덩이가 담벼락을 강타하자 사방으로 백색 운무와 함께 흙조각들이 마치 돌조각처럼 튀었으며, 담벼락에는 어른 한 명이 지나갈 수 있을 정도의 구멍이 뚫렸다. 대포를 쐈다고 해도 믿을 만한 풍경이니 구경하던 사람이 있었다면 분명 크게 놀랐을 것이다.

하지만 주변에는 처음부터 구경하던 사람이 없었고 단지 그 큰 폭탄이 터지는 듯한 소리에 주변에서 일하던 일꾼들이 달려온 게 전부였다.

"휴……."

검을 거두며 호흡을 고른 그녀는 조금 가벼워진 표정으로 걸음을 옮겼다. 물론 목적지는 장권호의 거처였다.

창문틀에 기대어 앉아 있던 장권호의 시선 속으로 가내하의 모습이 잡혔다. 장권호는 가볍게 손을 들어 보였고 가내하는 고개를 끄덕인 후 천천히 장권호가 있는 창문 옆으로 다가와 벽에 기대었다.

딱히 무슨 말을 하거나 하지는 않았지만 가내하는 이렇게 장권호의 옆에 있는 게 좋았다. 그게 좋아하는 감정인지 어떤 건지는 모르나 왠지 그냥 이렇게 옆에 가만히 있기만 해도 마음이 안정되는 것을 느꼈다.

얼마 동안 입을 열지 않던 두 사람이었다. 해를 따라 움직이는 그림자에서 시간의 흐름을 느꼈고, 주변을 나는 새들의 모습에서 아직 따뜻한 여름이 남았다고 느꼈다.

먼저 입을 연 것은 장권호였다.

"장백산에 있을 때도 이렇게 가끔 멍하니 있었지……. 아무 생각도 안 하고 말이야."

장권호의 말에 가내하가 고개를 끄덕였다.

"장평원에 있을 때도 그랬고."

장평원은 백옥궁 안에 존재하는 거대한 정원을 의미했다. 따로 경계선이 있는 정원은 아니었으나 그 크기가 정원치고는 지나치게 큰 곳이었다. 가산(假山)도 몇 개 포함하고 있어 산짐승도 출몰하는 지역이었다.

어릴 적 스승님을 따라 백옥궁에 갔을 때 장평원에서 처음 가내하를 만났었다. 그리고 그 이후 몇 번씩 둘은 만났고 지금에 이르렀다.

"그러고 보니, 어릴 때는 생각 없이 손도 잡고 함께 물에도 들어가고 그랬었지……."

"별걸 다 기억하네."

가내하가 살짝 얼굴을 붉히며 중얼거렸다. 자신도 기억하고 있었기 때문이다.

"그런데 벌써 이렇게 커버렸어."

"그렇지…… 컸지."

가내하가 가만히 중얼거렸다.

"얼마 전에 너를 보고 깜짝 놀랐어. 몇 년 안 본 사이에 여자가 되어 있어서 말이야."

장권호의 말에 가내하는 살짝 눈을 빛냈다. 여자가 되었다는 말에 자신도 모르게 기분이 좋아졌다.

"사매도 여자가 되었는데 나라고 안 될까?"

"너는 남자라고 여겼으니까. 친구라고 말이야."

"훗!"

가내하가 그 말에 가볍게 웃음을 흘렸다.

"그래도 조금 충격이었어. 네가 여자로 보였을 때는…… 후후."

"끌어안지 그랬어. 좋다고."

"그럴 생각이야."

가내하는 농담처럼 말했으나 장권호는 진담처럼 대답했

다. 그러자 가내하의 눈동자가 커졌고 어깨가 미미하게 떨렸다. 장권호는 다시 말했다.

"할 일이 끝난 후에."

장권호의 말에 가내하는 조금 실망스러운 듯 보였으나 곧 본래의 표정으로 장권호를 노려보았다.

"그 말, 책임질 수 있어?"

"물론."

장권호는 고개를 끄덕였다. 그러자 가내하가 미소를 보였다.

"죽지 말고."

"그래야지."

장권호는 조금 심각한 표정으로 대답했다. 그리곤 다시 말했다.

"사람들은 죽었지만 장백파가 사라진 건 아니지……. 사형들도 죽었지만 장백파의 무공은 죽지 않았어……. 결국 장백파는 그대로 있을 뿐이고…… 내가 돌아가면 장백파가 여전히 나를 반기겠지."

장권호는 낮게 중얼거리며 먼 산을 바라보았다. 마치 이곳에서 보이지도 않는 장백산을 눈으로 쫓고 있는 것처럼 보였다.

그런 장권호를 보던 가내하가 기대던 몸을 일으켰다.

"풍운회에 가봐야 해."

"풍운회?"

장권호는 갑자기 풍운회의 이야기가 나오자 물었다. 가내하가 고개를 끄덕였다.

"한빙신공이 나타난 모양이야……."

"호오……."

장권호는 한빙신공의 무서움을 가장 잘 아는 타파 사람일 것이다. 어릴 때부터 가내하에게 수없이 당해왔기 때문이다.

"아무래도 수거하러 가야 할 것 같아."

"혼자?"

"이미 두 분 존자께서 가셨고 임 언니와 종 언니가 가셨어. 그리고 삼십 명의 한옥단도 함께 간 상태고."

"걱정할 게 없군."

장권호는 백옥궁 전력의 일 할 정도가 나갔다는 것을 듣고는 내심 놀라고 있었다.

"나까지 가면 호위단 다섯 명도 함께 가는 것이니 큰 걱정 없이 일을 마치고 돌아올 것 같아."

"개봉이라……."

"시간 되면 들러. 아니…… 네 성격상 들르겠지……. 풍운회니까."

"훗!"

장권호는 그 말에 기분 좋은 표정을 보였다. 자신에 대해 너무 잘 아는 가내하다 보니 풍운회에 가려 한다는 것 역시 말을 안 했는데도 이미 알고 있었다. 단지 가는 시간이 가내하와는 다를 뿐이다. 그곳에 가기 전에 들를 곳이 몇 군데 있기 때문이다.

"여길 나가면 어디로 갈 건데?"

"석가장."

"석가장?"

장권호는 고개를 끄덕이며 다시 말했다.

"쌍환도(雙幻刀)와 칠성문(七星門)."

장권호의 말에 가내하는 눈을 빛내며 입을 열었다.

"강북삼도 중 한 명과 하북의 명가(名家)로군. 정말 그런 방법으로 무적명을 찾아가려고?"

"물론."

"미련한 곰 같으니."

"정보가 있는 것도 아니고 아는 것도 없어……. 물론 장백파는 가난해서 돈도 없지……. 후후……. 그저 있는 것이라곤 무공뿐인데, 그럼 어떤 방법으로 찾아야 할까?"

장권호의 물음에 가내하는 아미를 찌푸렸다. 대답은 이미 들었기 때문에 알고 있었다.

"무공뿐이야……."

장권호의 낮은 목소리에 가내하는 자신도 모르게 어깨를 떨었다. 그 순간 장권호의 눈빛이 강렬한 빛을 발하였기 때문이다. 그건 굳은 결심이었고 더 이상 말려봤자 아무 소용

도 없다는 뜻을 의미했다.

가내하는 어쩔 수 없다는 듯 한숨을 내쉰 후 말했다.

"그렇게 결심했다니 할 말은 없지만, 조심하는 게 좋아. 어떻게 보면 그것도 전쟁이니까."

그녀의 걱정 가득한 말에 장권호는 미소를 보였다.

"스승님하고 같은 말을 하는구나."

장권호는 가내하가 스승님과 똑같이 전쟁을 거론하자 미소를 보였다. 대규모로 싸우는 전쟁은 아니지만, 어차피 이것 또한 무공의 전쟁이라 할 수 있다. 이런 작은 전쟁이 끊임없이 벌어지기에 무림이 존재한다고 생각했다.

"언제 떠날 건데?"

"호위단이 도착하면 바로 갈 생각이야."

가내하의 대답에 장권호는 그녀가 개봉으로 간다는 사실을 기억했다.

"조만간 가겠군…… 나도 슬슬 떠날 준비를 해야겠어."

"시간 되면 개봉에 들러. 그때 내가 개봉에 없어도 내가 올 때까지 기다리고."

그렇게 말한 가내하가 할 말이 끝났다는 듯 밖으로 나가자 장권호도 창틀에서 내려와 섰다. 엉덩이를 한 번 턴 그는 가내하의 옆으로 빠르게 다가갔다.

"호위단이 오기 전에 해변이나 갈까?"

"그것도 좋지."

장권호의 물음에 가내하가 미소를 보였다. 이곳에서 해변까지 그리 먼 거리는 아니었고, 아직 단 한 번도 가내하와 함께 바닷가에 가본 적이 없다는 것을 떠올렸다.

　"내일 아침에 일찍 가기로 하지."

　장권호의 말에 가내하가 고개를 끄덕였다. 둘은 담소를 나누며 걸음을 옮겼고, 장권호는 정영의 거처에 다다르자 가내하와 헤어져 정영의 방으로 들어갔다.

　정영은 홀로 서재에 앉아 있었다. 유농아의 죽음이 그에게도 꽤나 큰 충격이었던 것일까? 정영은 자신의 집 안에서 사람이 죽었다는 것에 상당한 심적 충격을 받은 것처럼 보였다.

　장권호가 들어와도 정영은 움직이지 않았다. 그러다 장권호가 맞은편에 앉아 차를 마시자 그제야 알아차리곤 시선을 던졌다.

　"아이는 죽은 내 형의 이름을 따서 철(鐵)이라 부를 것이네. 성은 유 씨로 해야겠지."

　"상당히 좋은 이름이군."

　장권호의 대답에 만족한 표정으로 정영은 긴 한숨을 내쉬고 다시 말했다.

　"이곳에서 살다보면 좋은 일이 많을 것인데…… 굳이 그렇게 죽어야 했을까?"

정영은 스스로에게 물었다. 장권호는 답을 모르기에 그저 침묵했다.

잠시의 침묵 뒤, 정영은 장권호에게 물었다.

"굳이 죽을 필요가 있었을까?"

그의 물음이 다시 이어지자 장권호는 입을 열었다.

"나도 잘 몰라."

장권호는 솔직하게 고개를 저었다. 그리고 다시 말했다.

"그런데 나라면 어떨까…… 하는 생각도 들어……. 과연 내가 복수를 하고 난 다음에 어떤 기분이 들까? 유 소저처럼 자살하고 싶다는 생각이 들까? 아마…… 남자와 여자의 차이가 아닐까? 문득 그런 생각이 드네."

장권호의 말에 정영은 씁쓸한 표정으로 말했다.

"남자와 여자의 차이라……. 악착같이 살려고 노력해서 여기까지 왔는데…… 이제야 겨우 복수도 끝나고 남은 짐이 모두 사라졌을 터인데…… 참으로 아쉽네."

정영은 낮은 목소리로 중얼거리며 고개를 저었다.

"그 일은 자네가 알아서 잘 처리하겠지……. 그리고 그 아이도 이곳 대정문에서 무공을 수련할 테고 말이야……."

"고수로 키워야지."

"후후……."

정영의 말에 장권호는 미소를 보였다. 곧 장권호는 차를 한 잔 마신 후 다시 말했다.

"모레 떠날 생각이야."

"어디로 갈 건가?"

"석가장."

그 말에 정영은 머릿속으로 칠성문을 떠올렸다. 강호에서 명성을 쌓다 보면 언젠가는 무적명을 만날 수 있을 거란 막연한 생각으로 중원행을 시작한 장권호였다.

그리고 그 첫 단추가 칠성문이란 생각이 들었다.

"좋은 곳이지. 가본 적은 없지만 석가장의 칠성문은 대대로 하북성에서 널리 알려진 명가가 아닌가? 자네의 이름을 중원에 알리기엔 좋은 곳이라 생각되네."

"그런가? 하지만 나는 칠성문보다 쌍환도에 더욱 흥미가 있네."

"음……."

쌍환도라는 말에 정영은 잠시 침음했다. 쌍환도는 강북삼도로 알려질 만큼 도의 고수였다. 명성이 높은 만큼 그 실력도 비례한다.

"자신 있나?"

정영의 물음에 장권호는 고개를 끄덕였다. 그러자 정영은 미소를 보였다. 그것은 신뢰였다. 그리고 자신이 아는 장권호는 상당한 고수였다.

"축하주를 미리 마실까?"

"축하주는 내가 다시 돌아올 때 마시기로 하지."

"그럼 자네가 떠날 때 술을 담가야겠어. 산삼주를 담가놓
았다가 돌아오면 개봉하겠네."

"그거 좋군!"

탁!

장권호가 탁자를 가볍게 치며 흔쾌한 표정으로 웃었다.

제5장

불같은 사람

　백옥궁에 처음 갔을 때 내 또래의 소녀가 한 명 있었다. 그 소
녀는 마치 인형처럼 생겼고 내가 아는 동네의 어느 여자아이보
다도 예쁘고 고왔다. 가까이 다가가면 꽃향기가 전해지는 그 소
녀가 너무 좋았다. 그런데 그 소녀는 다가가는 나를 굉장히 싫
어했다. 나는 그 이유가 매우 궁금했다. 그 이유가 너무 궁금해
소녀의 방에 찾아갔다가 한 달 동안 백옥궁에서 감금생활을 해
야 했다.

　나는 소녀의 방에 찾아간 것이지만 어른들은 숨어들었다고
생각했다. 그때 나는 그 방에 남자가 들어가면 안 된다는 사실
조차 모르고 있었고, 남자와 여자라는 구분에 대한 관념 자체도
없을 때였다. 그래서 그 소녀의 알몸을 보고도 아무렇지 않았던

기억이다.

"하하하하!"
"하하하!"
사람들의 웃음소리가 크게 울렸고 거대한 대청의 중앙에
는 수많은 음식들과 술병들이 놓여 있었다.

주안상 주변으로 우람한 육체를 과시하듯 검게 그을린 피
부를 드러낸 사내들이 웃고 떠들며 술을 마시고 있었다.

가장 상석에 앉은 사십 대 초반의 사내는 그런 수하들의
모습을 즐거운 표정으로 바라보고 있었다. 그는 이곳 곽산의
지배자이자 곽산채의 채주인 종영이었다.

십 년 전부터 곽산에서 산적질을 하고 있는 그는 곽산 인
근 마을들에겐 공포의 대상이었다. 또한 곽산 인근을 지나가
는 상인들과 협의하여 일정량의 금전을 주기적으로 받고 있
었다. 두려울 게 없었고 생활하는 데 아무런 문제도 없었다.

그저 하고 싶은 대로 하고, 즐기고 싶은 대로 즐기면서 살
아온 날들이었으며, 특히나 오늘은 마흔두 번째 생일을 맞이
하는 날이기도 했다.

"두목, 생신을 축하드립니다."
종영은 옆에 다가와 술잔을 권하는, 자신의 심복이자 언제
나 자신의 기분을 맞춰주는 수하인 배원덕을 쳐다보았다.

이십 대 중반의 배원덕은 십 년 전에 이곳 산채에 들어와 궂은일부터 시작해 끝내 지금의 자리에 오른 인물로, 종영이 가장 신임하는 수하이기도 했다.

"오, 원덕이. 그래 고맙다."

술잔을 부딪친 뒤 시원하게 마신 둘은 호탕하게 웃으며 지난 일들을 이야기했다. 그러다 배원덕은 갑자기 생각났다는 표정으로 말했다.

"아! 어제 두목님의 생신을 축하하기 위해 데려온 계집들이 있는데, 보시겠습니까?"

"그래? 호오…… 어디의 계집들이냐?"

배원덕의 말에 종영은 매우 흥미 있다는 듯 턱수염을 쓰다듬었다.

"전촌에서 데려온 계집들이 다섯인데 모두 쓸 만합니다."

"데려오거라."

종영은 배원덕의 말에 상당히 밝은 표정을 보였다. 배원덕이 쓸 만하다고 말할 정도면 정말 괜찮은 여자들일 것이기 때문이다.

"옥에 가둔 여자들을 데려와라!"

배원덕의 외침에 사내들 중 몇 명이 일어나 밖으로 나가더니 곧 밧줄에 묶인 다섯 명의 여자들을 데리고 들어왔다. 그녀들은 모두 이십 대 초반으로 보였으며, 옷도 여기저기 뜯겨져 나가 속살이 보이기도 했다.

종영은 여자들이 들어오는 모습을 처음부터 유심히 보았다. 바로 옆에까지 오자 하나하나 천천히 여자들의 머리부터 발끝까지 살폈다.

그러다 시선이 다섯 명 중 가장 중앙에 있는, 비단옷을 입고 있는 여자로 향했다.

"이년은 촌년이 아닌 것 같은데? 어디서 난 것이냐?"

종영의 물음에 배원덕이 막 말을 하려 했으나 중앙의 여자가 먼저 눈에 힘을 주며 종영에게 호통쳤다.

"이년이라니! 산적 주제에 어디서 감히 말을 함부로 하느냐! 나는 조안현의 현감이신 장원의 딸이다!"

그 말에 당황한 것일까? 종영은 눈을 크게 뜨며 놀란 표정으로 배원덕에게 말했다.

"원덕아, 현감이 뭐냐?"

"글쎄요…… 잘 모르겠습니다."

종영의 말에 호통 친 여자가 어이없다는 듯 몸을 떨었다. 그러자 종영의 손이 움직였다.

짝!

"악!"

바닥에 쓰러진 그녀는 입술을 깨물며 종영을 노려보았다. 종영은 자리에서 일어나 그녀의 치마를 잡고는 망설임도 없이 찢었다.

찌이익!

"아아악!"

그 난폭한 행동에 여자가 놀라 소리쳤다. 하지만 종영은 그저 크게 웃으며 주변에 늘어선 수하들에게 외쳤다.

"이년은 이제 내가 데리고 있을 터이니 절대 건들지 말거라! 하하하! 그년, 앙탈 부리는 모습이 참으로 귀엽구나!"

종영은 곧 배원덕에게 말했다.

"이년을 내 방에 데려다 놓고 도망 못 가게 묶어놔라."

"알겠습니다, 두목."

배원덕은 웃음을 흘리며 쓰러진 여자의 머리카락을 우악스럽게 잡아 일으키더니 곧 뒤로 데리고 나갔다. 그러자 남은 네 명의 여자들이 사시나무 떨듯 온몸을 떨었다.

"고년들 참, 떨기는……. 잡아먹기라도 한다더냐?"

종영은 떨고 있는 여자들의 머리카락을 쓰다듬다가 가장 가까이에 있는 여자를 잡더니 자신의 다리 위에 앉혔다. 양팔이 묶인 여자는 반항도 못하고 종영의 다리 위에 앉아 고개를 숙여야 했다.

"악!"

종영의 우악스러운 손이 여자의 가슴을 움켜잡더니 쥐어짜듯이 흔들었다.

"오늘 죽도록 놀아보자!"

"우와아아!"

종영의 큰 외침에 산채의 산적들이 일제히 소리치며 더욱 크게 웃고 떠들며 잔치를 즐겼다.

*   *   *

나무로 만든 담장 너머에는 대충 만들어 놓은 것 같은 초가집이 있었고, 그 집의 작은 마당 한쪽에는 큰 은행나무 한 그루가 서 있었는데, 그 그늘 아래에 어른 세 명 정도가 누울 수 있는 평상이 놓여 있었다.

평상 위에는 청년이 모로 누운 채 반쯤 감긴 눈으로 앞을 바라보고 있었는데, 청년의 주변으로 강한 주향(酒香)이 흘렀다.

아니나 다를까, 청년의 손에는 호로병이 들려 있었고, 손을 움직일 때마다 그 안에서 찰랑거리는 소리와 함께 술 냄새가 퍼져 나왔다.

"뭐?"

청년은 앞에 서 있는 세 명의 남자들을 쳐다보며 반쯤 감겨 있던 눈을 크게 떴다.

"그러니까…… 뭐라 했더라……."

청년은 까먹은 표정으로 흥얼거리더니 눈을 감고는 곧 엎어져 코를 골기 시작했다. 그 모습에 서 있는 세 명의 남자들이 여러 표정으로 난처함을 드러내며 한숨을 길게 내쉬었다.

"내일 다시 오기로 합시다."

"그럴 수 없소."

중앙에 서 있던 화려한 남색 비단옷을 입은 장년인이 고개를 저었다. 그러자 우측의 젊은 청년도 고개를 저었다.

"저리되면 깨워도 일어나지 않소이다."

"갈 수 없소."

남색 비단옷을 입은 장년인이 다시 한 번 강한 어조로 말하곤 그 자리에 못이라도 박힌 듯 움직이지 않았다. 그러자 좌측에 검을 든 청년 역시 움직이지 않았다.

"휴……."

우측의 백색 옷을 입은 청년이 길게 한숨을 내쉬었다.

"눈을 뜰 때까지 기다리지요."

좌측의 청년이 말하자 우측 청년은 고개를 저으며 말했다.

"그럼 알아서들 하시구려. 내가 해줄 수 있는 건 여기까지니 말이오. 가보겠소."

그렇게 말한 백의청년이 밖으로 나가자 남은 두 사람은 봉두난발에 남루한 옷차림으로 코를 골며 자고 있는 청년을 주시했다.

"아버님."

"……?"

장년인이 고개를 돌리자 청년이 말했다.

"정말 이 자가 쌍환도가 분명합니까? 제가 볼 때는…… 그저 한량 같습니다."

"사람을 겉모습으로 판단하지 말거라."

장년인이 눈에 힘을 주며 말하자 청년은 고개를 숙이고는 더 이상 입을 열지 않았다.

휘이이잉!

조금 차가운 바람이 불어오자 장년인은 수염을 쓰다듬더니 조용히 입을 열었다.

"내 지금까지 살아오면서 남에게 부탁을 해본 적이 없으나, 지금 이렇게 부탁을 하오. 내 딸년을 구해주시오."

장년인의 담담한 목소리에 자는 것 같던 청년이 슬쩍 눈을 떴다. 그리고는 인상을 찌푸리며 자리에서 일어나 앉았다.

"아…… 그 노인네 참……."

청년은 봉두난발한 머리카락을 마구 긁더니 귀찮다는 표정으로 말했다.

"아니, 노인네처럼 찾아오는 사람들이 어디 한둘인 줄 아슈? 하루걸러 한 번씩은 꼭 찾아온단 말이오. 이거, 귀찮아서 이사를 가든가 해야지 진짜."

"허허허! 그럴 것이오. 대협의 명성이 어디 가겠소? 아마 대협을 평생 따라다닐 것이오."

"대협은 무슨 얼어 죽을……. 그리고, 딸년이 집을 나가서 그리된 것 아니오? 그럼 딸년 책임이지, 죽든지 말든지 내 알 바도 아니지 않소? 아니면 딸을 하나 더 낳든가."

청년은 그렇게 말하며 귀를 후볐다. 그러자 좌측의 청년이 검을 뽑으며 화난 표정으로 소리쳤다.

"아버님을 모욕하다니!"

"검을 뽑았으면 나랑 한번 하자는 것 같은데…… 자신 있
나?"

헝클어진 머리카락 사이로 사이한 빛이 번뜩이자 청년의
표정이 순간적으로 굳어졌다. 마치 온몸을 관통당하는 듯한
느낌을 받은 청년은 자신도 모르게 한 발 물러섰다.

그 모습에 봉두난발한 청년이 장년인에게 시선을 던졌다.

"정 딸년을 구하고 싶다면 저기 저 성내에 있는 칠성문에
가보시오. 정파라 하는 놈들이 모여 있는 곳이니 들어줄 것
이오. 아니면 풍운회에 가보든가. 요즘 그놈들도 할 일이 없
어 여기저기 쑤시고 다니는 것 같던데."

그 말에 장년인이 씁쓸한 표정으로 말했다.

"풍운회는 금 이만 냥을 요구했고, 칠성문은 금 일만 냥을
요구했소."

"허!"

엄청난 금액의 돈이 장년인의 입을 통해 나오자 어이없다
는 듯 청년이 눈을 크게 떴다. 장년인이 고개를 저으며 말했
다.

"나라의 녹봉을 받으며 살아온 인생이오……. 내가 어떻게
그런 큰돈이 있겠소이까? 내 집을 팔아도 금 이백 냥이 전부
요."

"하하하하!"

장년인의 말에 청년은 어이없다는 듯 크게 웃음을 터트렸다.

"나라의 녹봉을 먹는 놈들은 모두 한 재산 한다고 들었는데, 이거 아주 웃기는 소리로구만! 하하하하! 어리석은 사람이로군."

"나도 그렇게 생각하고 있소이다."

장년인의 말에 청년은 손에 들고 있는 술병을 던졌다.

"드시오. 내가 직접 담근 과실주외다. 삼 년 된 것이니 꽤 맛이 날 것이오."

청년의 말에 장년인은 술의 향기를 한 번 음미하더니 고개를 끄덕이곤 술을 마셨다.

"나는 양초랑이오."

"반갑소."

양초랑은 미소를 보이며 장원을 쳐다보았다. 곧 자리에서 일어선 그는 평상에 걸터앉더니 자신의 옆자리를 소매로 훔쳤다.

"이리 와서 앉으시오."

장원은 천천히 걸음을 옮겨 옆에 앉았다. 은행나무 그늘이 시원하게 어깨를 덮으니 장원의 기분도 한결 가벼워졌다.

"그런데 풍운회에서 이만 냥을 요구했다니, 의외구려."

"풍운회에선 도와주는 조건으로 자신들의 활동에 필요한

자금을 보태라 한 것이오. 그 금액이 터무니없었지만 그들 입장에선 당연한 것일 게요."

"관대하시구려."

"원래 모든 일에는 돈이 들어가지 않소."

장원은 당연하다는 듯 말했다. 하지만 양초랑은 풍운회가 왠지 꼴사납게 보였다.

"칠성문도 그런 이유에서 일만 냥을 요구했소이까?"

"칠성문은 문도들의 목숨이 걸린 일이니 목숨값을 요구한 것이오. 그것 또한 그들 입장에선 당연한 것이 아니겠소이까."

"하하하하!"

양초랑은 다시 한 번 크게 웃었다.

"풍운회처럼 거대한 조직을 운영하려면 돈이 필요하겠지, 아마……. 악명 높은 사파 놈들을 죽이는 대가로 큰돈을 받고 있다 하더니 틀림없는 모양이군. 훗! 그런데 칠성문도 돈을 요구했다라……. 아, 그놈들, 간이 크군그래. 일만 냥이나 요구하다니 말이야."

장원은 다시 한 번 술을 마시며 양초랑의 말에 답했다.

"현감이나 되는 위치에 있으니 충분히 그 정도의 돈은 조달할 수 있을 거라 생각했을 것이오. 안 그렇소이까?"

"하긴……. 노인장, 마음에 들어……. 전 재산이 이백 냥이라니 말이야. 하하하! 그래서 딸년의 목숨값으로 얼마나 줄 건데?"

"이백 냥이오."

장원이 서 있는 청년에게 시선을 던지자 청년은 곧 품에서
작은 비단 주머니를 꺼내 건넸다. 장원은 비단 주머니에서
다섯 개의 검은 진주를 꺼냈는데 그 크기가 엄지손가락만 한
크기였다.

"얼마 전에 집을 팔아 마련한 것이오. 이게 전부라오. 내
전 재산을 드리겠소이다."

양초랑은 그 말에 눈을 번뜩이며 미소를 그렸다.

"딸년의 목숨값으로 금 이백 냥이면 그리 큰돈은 아니
지…… 허나…… 전 재산이라면 또 다르지…… 그건 금액
으로 환산할 수 없을 테니 말이오……"

양초랑의 말에 장원은 입을 다물었다. 그의 말대로 자신의
전부를 주는 것이다. 전 재산을 팔아서라도 딸을 구해야 했
다. 그게 장원이 해야 할 일이었다.

"현감 정도 되면 관군도 동원할 수 있지 않소이까?"

"관군을 동원하는 일이 어디 쉬운 일인 줄 아시오? 폐하의
허락을 받아야 하오. 거기다 이름 없는 작은 현의 현감이란
감투로는 아무것도 할 수 없소이다."

양초랑은 그 말에 고개를 끄덕이며 장원의 손에서 술병을
받아 마셨다. 몇 모금 마신 그는 소매로 입술을 훔친 후 말했
다.

"오랜만에 몸도 풀 겸 도와주겠소만…… 돈은 안 받겠소. 대신 딸년을 데리고 가면 거하게 술이나 한 번 사시오."

"……!"

양초랑의 말에 장원은 매우 놀란 표정으로 그를 쳐다보았다. 그러자 양초랑이 미소를 보이며 말했다.

"내 아는 놈도 가끔 돈도 안 받고 남을 돕더군……. 나도 한번 그래 보고 싶을 뿐이니 재수 좋은 줄 아시오."

"고맙소이다…… 정말 고맙소이다."

"그런데 그 딸년이 어디서 실종되었다고 했소?"

"곽산이오."

장원의 말에 양초랑의 눈빛이 번뜩였다. 곽산이면 이곳에서 꽤 먼 곳이었다. 적어도 보름은 가야 했다.

"곽산이라……."

양초랑은 곧 자리에서 일어나 안으로 들어갔다. 얼마 지나지 않아 두 개의 유엽도를 허리에 차고 나온 그는 밖에 서 있는 장원과 청년을 쳐다보며 말했다.

"안 가고 있었소? 내, 딸년을 구해서 집으로 갈 테니까, 그냥 가서 기다리시구려. 아! 술은 절대 잊지 말고……. 후딱 갔다 올 테니."

쉭!

순간 양초랑의 신형이 두 사람의 눈앞에서 강한 바람을 일으키며 마치 연기처럼 사라졌다. 그러자 장원은 매우 놀란 듯 눈을 부릅떴고, 청년도 놀란 듯 눈을 크게 뜨고 사방을 살폈다.

시간이 흘러 어느 정도 정신을 차린 장원이 말했다.

"과연…… 무림인은 뭐가 달라도 다르구나……."

"그런가 봅니다."

청년은 식은땀을 소매로 훔치며 대답했다. 눈앞에서 한순간에 사라지는 인물 앞에서 검을 뽑은 자신이 부끄러웠고, 하마터면 크게 혼날 뻔했다는 생각이 들었기 때문이다.

곧 장원이 신형을 돌리며 말했다.

"가자……. 가서 좋은 술이나 사놔야겠다."

"알겠습니다, 아버님."

*　　　*　　　*

정영이 찾아온 것은 저녁 무렵이었다. 장권호는 내일 떠날 생각이라 마지막으로 술이나 같이 마실 요량으로 정영을 찾았으나 그가 외출했다는 소식에 방에 머물고 있었다.

"외출했다고 하더니 금방 온 것 같군그래."

장권호의 말에 정영은 미소를 보이며 대답했다.

"좋은 소식이 있어서 잠시 밖에 나갔다가 왔네."

정영은 그렇게 말하며 뒤따라 온 하인의 품에 안겨 있는 큰 상자를 받아들고는 탁자 위에 올려놓았다.

"자네가 여기 왔을 때 부탁한 물건들이 오늘 완성되었다네. 그 소식에 냉큼 달려가 가지고 왔지."

"생각 못하고 있었는데 이렇게 세심하게 준비해주다니, 정말 고맙군."

장권호는 정영에게 그냥 농담처럼 부탁한 일을 떠올렸다.

"이 근방에는 대장장이들이 농기구나 만들기 때문에 실력이 시원찮아 멀리 안산까지 가서 부탁한 것들이지."

정영은 만족할 거라는 생각에 말을 하며 상자를 열어 주었다. 그러자 안에 검은 검집에 꽂힌 검 한 자루와 같은 색에 폭이 좁은 도가 들어 있었다.

"장백신검이나 장백신도에 비할 바는 아니나 자네가 쓰기에는 무리가 없을 것이야."

"고맙군……."

장권호는 다시 한 번 고맙다는 말을 하며 검을 들어 뽑아 보았다.

스르릉!

예리한 검날이 묵빛과 함께 모습을 보이자 장권호는 몇 번 손안에서 흔들어보았다.

휘리릭!

검신이 마치 엿가락처럼 휘어지며 흔들리자 장권호의 눈빛이 빛났다. 마음에 들었기 때문이다.

"비쌀 것 같은데……."

장권호는 말을 하며 정영을 슬쩍 바라보았다. 그러자 정영은 무슨 소리를 하느냐는 듯 말했다.

"나중에 무공으로 갚게나."

정영의 말에 장권호는 장백파의 무공을 전수해달라는 뜻으로 들었다. 그건 그리 어려운 일이 아니었기에 흔쾌히 고개를 끄덕이며 수락한 후 도를 들었다. 보기보다 가벼웠고 도날 역시 검처럼 휘어질 정도로 얇았다.

"마음에 들어……."

장권호는 정말 기분 좋다는 듯 정영의 어깨를 몇 번 두드려주고는 검과 도를 들어 허리춤에 찼다. 그러자 정영이 곤란한 표정으로 말했다.

"그렇게 대놓고 무기를 차고 가면 관군이 잡을 테니, 그러지 말고 짐처럼 꾸며서 가지고 가게나. 산해관(山海關)을 통과할 때 상당히 귀찮아질 걸세."

그 말에 잠시 고민하던 장권호는 고개를 끄덕였다.

"그렇겠군그래."

아직 한 번도 가본 적은 없지만 산해관을 넘어야 진정한 중원이란 말을 예전부터 들어 알고 있었다. 경계가 삼엄한 지역이라고 들었다.

"혼자 가는 것도 그러니 내일 이곳에서 출발하는 상단에 몸을 맡기게."

"자네는 생각보다 세심한 사람이군."

"그런가?"

장권호는 의외로 세심한 정영의 모습에 그를 다시 보게 되었다. 정영에 대해서라면 그저 노는 것 좋아하고 호기심 많은 사람으로만 생각했었다.

다시 생각을 해보니 어른이 되었다는 것을 잠시 잊고 있었다는 생각이 들었다.

"여러모로 고맙군. 중원에 가기 전 대정문에 들른 것은 잘한 일인 것 같아."

"그럼 안 들르고 그냥 가려 했나?"

"딱히……."

장권호는 가볍게 미소를 보였다. 정영은 그가 웃고 있지만 마음은 그렇지 않다는 생각이 들었다.

"가 소저가 저녁에 떠난다고 하니 배웅이라도 가지."

정영이 자리에서 일어나며 말하자 장권호는 고개를 끄덕이며 일어나 그를 따라 밖으로 나갔다.

가내하와 헤어진 후 정영과 술을 거하게 마신 장권호는 아침 일찍 상단과 함께 산해관으로 떠났다.

굳이 떠나는 인사를 할 필요는 없을 것 같아 말없이 나온 장권호였다. 지금부터가 진짜 중원행이란 생각에 가슴이 평소와는 달리 크게 뛰는 것을 느꼈다.

장권호는 짐수레에 몸을 뉘인 채 푸른 하늘만 쳐다보았다.

문득 처음 중원행을 결정했을 때 자신을 말리던 사매와 스승님의 얼굴이 떠올랐다.

"후후……."

장권호는 그저 산들바람에 가볍게 웃음을 실어 보내며 눈을 감았다. 가벼운 훈풍이 그의 정신을 맑게 해주는 것 같았다.

*　　*　　*

산서와 하북의 북부 경계에 자리한 곽산은 사람의 왕래가 그리 많은 지역이 아니었다. 또한 지리적으로 중요한 요충지도 아니기에 관에서도 크게 관심을 두지 않는 지역이었다. 그렇다 보니 산적이 자리 잡기에는 좋은 장소가 되었다.

곽산의 산적은 오래 전부터 있어왔다. 산적들의 성세가 높아지면 관군이 토벌을 하고, 그렇게 토벌되어 산적들이 사라지면 한동안 주변에는 평화가 지속되었다. 하지만 세월이 흐르면 또다시 산적들이 들어섰다. 그런 과정이 끊임없이 반복되는 지역이었다. 그런 지역이라도 사람은 살았고, 크지는 않지만 마을도 존재했다.

번촌에 들어선 양초랑은 허름한 옷차림에 허리 양쪽에 도를 하나씩 찬 모습이었다. 그는 마을 입구에서 사람들과 마주치자 가벼운 마음으로 미소를 보였다. 그러나 무기 때문일

까? 어느 한 사람도 그를 상대해주지 않았다.'

"썩을……."

양초랑은 인상을 쓰며 마을 중앙의 대로를 걷다 주점을 발견하곤 안으로 들어갔다.

"한산한 동네로구나."

안으로 들어간 양초랑은 손님이 한 명도 없다는 것에 조금 놀란 표정으로 중앙에 위치한 자리에 앉아 주인을 기다렸다.

하지만 아무리 기다려도 주인이 나오지 않자 이상한 생각에 자리에서 일어나 주방 쪽으로 향하다 시체 썩는 냄새에 코를 막고 안을 살폈다.

안에는 죽은 지 꽤 된 듯한 시신들이 몇 구 있었고, 시신에 들끓는 파리와 구더기가 보이자 고개를 저으며 밖으로 나갔다.

"오늘 밥 먹기는 다 글렀군."

신물이 위에서 올라오는 것을 느낀 양초랑은 느린 걸음으로 마을을 빠져나갔다. 그러다 한쪽에 소면을 파는 아주머니가 보이자 양초랑의 시선이 그리로 향했다.

"헉!"

소면 팔던 아주머니가 양초랑을 보자 놀라 도망치듯 움직이자 어디서 힘이 나왔는지 양초랑의 신형이 번개처럼 아주머니 앞을 막아섰다.

"살려주세요!"

아주머니가 놀라 손을 비비며 말하자 양초랑은 품에서 동전 몇 개를 꺼내 보이며 말했다.

"소면 한 그릇 주시구려. 배고파 죽겠소이다."

"후루룩! 후룩!"

"그러니까 며칠 전 산적들이 내려왔는데, 저기 주점 주인이 돈이 없다고 하자 모두 다 죽이고 갔다니까요. 몹쓸 놈들이지요."

"후룹!"

면을 다 먹은 양초랑은 국물을 마시다 물었다.

"그렇구려....... 그런데 왜 시신은 안 치우는 것이오?"

"시신을 치우면 며칠 뒤에 다시 와서 행패를 부려서 그렇지요. 그러니 어쩌겠습니까? 그냥 둘 수밖에......"

"그놈들 눈에 뵈는 게 없는 모양이오?"

"눈에 뵈는 게 있었으면 대낮에 사람을 저렇게 죽였겠습니까? 저승사자는 뭐하는지...... 쯧!"

혀를 차는 아주머니의 모습에 양초랑은 곧 자리에서 일어났다.

"잘 먹었소이다."

"조심히 가시구려."

아주머니의 인사에 양초랑은 손을 들어 보이곤 빠른 걸음으로 이동하기 시작했다.

'내일까지는 도착해야겠는걸……. 이렇게 잔악한 놈들이라면…… 이미 죽었을지도 모르겠어…….'

문득 불길한 예감이 들었다.

요즘 종영은 기분이 매우 좋았다. 방 안에 있는 계집 때문인데 그 계집이 너무 사랑스럽고 귀여워서였다. 몇 번이고 함께 밤을 보냈는데도 질리지 않는 계집은 정말 오랜만이라 종영은 오늘도 해가 지기 전에 방 안으로 들어와 여자를 안았다.

"내 아내가 되는 게 어때?"

허리를 움직이며 종영이 말하자 장희상은 마치 온몸에 거머리가 기어가는 것 같은 기분을 느꼈다.

"미친……. 헛소리 집어치워."

장희상의 말에 종영은 그런 말을 하는 것조차 예쁘다는 듯 장희상의 얼굴을 쓰다듬으며 강하게 끌어안았다.

"악!"

장희상의 입술을 뚫고 큰 소리가 흘러나오자 종영은 웃으며 말했다.

"네년이 아무리 발버둥 쳐도 어차피 이곳을 벗어나지는 못해. 그러니 그냥 이곳에서 내 애나 낳으면서 살아라."

"집어치우라고! 흑!"

장희상의 목소리가 크게 터져 나왔으나 종영은 아랑곳없

이 허리를 움직였다.

"흑! 개새끼……."

장희상의 입술에서 욕이 튀어나오자 종영은 그런 장희상의 귓불을 혀로 핥더니 조용히 속삭였다.

"좀 전에 너와 함께 잡아온 년 중에 마지막 년을 죽였지……. 모두 죽었으니까 이제 너 혼자라는 사실을 명심해……. 성질나면 수하 놈들에게 던져버릴 테니까. 후후후!"

종영의 말에 장희상은 온몸에 소름이 돋는 느낌이 들었다. 그 많은 사내들 사이에 혼자 떨어진다면 어떻게 될지 뻔하였기 때문이다. 등줄기로 식은땀이 흘러내리자 장희상은 눈을 감았다. 종영의 얼굴을 더 이상 보기 싫었기 때문이다.

단지 마음속으로 살아야 한다는 생각과 어떻게 해서라도 이곳을 빠져나가야 한다는 생각뿐이었다.

그렇게 한참 동안 눈을 감고 있던 장희상은 누군가의 시선을 느끼고 눈을 떴다. 그런 그녀의 눈에 방 한쪽에 서 있는 낯선 청년이 보였다. 이곳 산적들과는 분위기 자체가 달라 보이는 청년이었다.

사납게 반짝이는 눈동자가 헝클어진 머리카락 사이에서 빛을 발하고 있었다. 그 청년과 눈이 마주치자 장희상은 자신도 모르게 놀라 눈을 크게 떴다.

그런 장희상의 이상함에 종영도 움직임을 멈추고 고개를 들었다. 순간 어느새 다가와 쭈그리고 앉아 있는 청년의 얼굴이 종영의 눈앞에 나타났다.

"좋아?"

"헉!"

벌떡!

자신도 모르게 일어선 종영은 식지 않은 자신의 물건을 드러내놓고 있었다. 그 모습이 싫었을까? 빛이 번뜩였다.

서걱!

"크아악!"

종영은 자신도 모르게 사타구니를 잡으며 뒤로 물러서다 바닥에 쓰러졌다.

"아악! 내…… 내 물건!"

종영의 커다란 외침이 방 안을 가득 메웠으나 누구 한 사람 찾아오는 이가 없었다.

"크윽!"

종영은 정신을 차릴 수 없어서 연신 몸을 비틀거렸고, 그 앞으로 다가간 청년은 도를 들어 올리며 말했다.

"두목치고는 별거 없는 놈이로군."

"웬 놈이냐!"

종영의 외침에 청년은 가볍게 말했다.

"나? 양초랑."

퍽!

양초랑의 도가 종영의 머리에 빠르게 박힌 후 뽑혔다. 곧

양초랑은 신형을 돌려 이불을 덮어쓰고 있는 장희상을 쳐다
보았다.

"혹시 장 소저 아니시오? 아버님은 청렴결백하기로 소문
난 장 현감이고."

"예…… 맞아요."

장희상이 고개를 끄덕이며 대답하자 양초랑은 다행이라는
듯 장희상에게 다가와 말했다.

"아버님이 보내서 왔소. 함께 갑시다."

"예? 아버님이요? 하지만 저희 둘이 어떻게…… 밖에 산
적들도 많은데……."

"일단 여기에 있는 놈들은 모두 죽었소."

양초랑이 자신의 목을 자르는 시늉을 해 보이며 말하자 장
희상의 눈이 찢어질 듯 커졌다. 믿을 수 없었기 때문이다.

"갑시다."

양초랑이 손을 내밀자 장희상은 자신도 모르게 그 손을 잡
았다.

스륵!

"어머!"

이불이 흘러내리자 장희상이 재빠르게 걷어 올리며 얼굴
을 붉혔다. 그러다 어느 순간 그녀는 크게 울기 시작했다. 그
울음소리는 밤새 끊이지 않고 이어졌다.

         *   *   *

　대련을 벗어나 상인들과 함께 산해관까지 오는 데 한 달이
걸렸다. 이렇게 먼 곳에 위치하고 있다는 생각을 못하였기에
장권호는 따분한 한 달을 보내야 했고, 배를 타고 산동성에
들어가야 했다는 생각이 들었다.

　나중에 들은 이야기지만 가내하는 배를 타기 위해 대련에
머문 것이었고, 떠난 그날 중원으로 향하는 배를 탔다고 한
다.

　가내하는 벌써 개봉에 도착했을 거란 생각이 들었다.

　장권호는 상인들과 헤어진 후 홀로 길을 따라 남하하기 시
작했다. 그렇게 다시 한 달 가까이 남쪽으로 이동하여 하북
성 남단의 큰 도시인 창주(創州)에 도착할 수 있었다. 창주는
하북성에서 산동성으로 넘어가려면 필히 지나야 하는 곳인
데, 대운하가 지나기 때문에 많은 사람들이 모여들어 크게
번창한 도시였다.

　본래는 산해관에서 보름 정도 말을 타고 이동하면 올 수
있는 곳이었으나 중원이 초행이라 도보로 이동하다 보니 한
달이나 걸렸다.

　창주에서 석가장에 가려면 말을 타고 서쪽으로 족히 십 일
은 가야 한다는 말에 장권호는 말을 사야 할지 고민하였다.
그러다 돈이 별로 없다는 사실에 말을 사길 포기하고 도보나

경공으로 가야겠다는 생각을 하였다.

대로를 지나던 장권호는 출출함에 주루에 들어가 식사를 시켰다. 중원 음식이 입에 맞지 않아 많이 먹지는 않았지만, 그래도 어느 정도 먹어둬야 체력을 유지할 수 있기에 입맛을 바꾸려 노력하는 중이었다. 물론 음식을 시켜봤자 값싼 포자나 만두가 전부였다.

큰 접시에 뜨거운 김이 피어오르는 포자와 만두가 놓이자 장권호는 젓가락을 들었다. 순간 위층에서 쿵쾅거리는 소음이 나더니 사람 하나가 비명을 지르며 장권호가 앉아 있던 탁자 위로 떨어져 내렸다.

쾅!

먼지가 솟아올랐고, 가만히 앉아 있던 장권호의 이마에 힘줄이 하나 튀어나왔다. 그가 시킨 음식이 사람에게 깔렸기 때문이다.

"싸움이다!"

"북파와 남파의 싸움이다!"

갑자기 주루 안에 소란이 일었고, 위층에서는 많은 사내들이 소리치며 싸우는 소리가 터져 나왔다.

"개새끼들!"

벌떡!

떨어졌던 사내가 욕지거리를 하며 벌떡 일어나 위층으로 올라가려 하자 장권호의 손이 그 사내의 뒷덜미를 잡았다.

"컥! 뭐야!"

뒷덜미가 잡히자 순간적으로 옷깃이 목을 조였는지 숨이 막힌 소리를 토해내던 사내가 장권호를 노려보았다. 장권호가 더욱 굳은 표정으로 말했다.

"음식."

장권호의 말에 사내는 자신이 깔아뭉갠 포자와 만두들을 발견하곤 어이없다는 듯 장권호를 쳐다보았다.

"이런 미친 새끼를 봤나? 너, 죽고 싶어!"

사내의 거친 욕설에 장권호는 가볍게 주먹을 들었다.

퍽!

"허억! 야, 이!"

퍽!

"커억! 쌍!"

퍽!

"저기…… 후욱! 후욱!"

복부에 세 번 주먹이 꽂힌 후 사내는 전신을 비틀거리며 힘없이 섰다. 다리에 힘이 완전히 풀린 것으로 보이는 사내에게 장권호는 다시 말했다.

"음식값은 줘야지."

"허억! 허억!"

사내가 고개를 끄덕이며 소매에서 은자 하나를 꺼내 내밀자 장권호는 받아 쥐고는 곧 밖으로 걸어 나갔다. 이런 자리에 오래 있어 봤자 좋을 게 없기 때문이다.

밖에는 많은 사람들이 주루 주변에 원을 그리듯 모여 구경했고, 장권호도 그 사람들 틈에 끼어 잠시 주루를 쳐다보았다.

쾅! 쾅!

"으아악!"

창문을 뚫고 두 명의 장정들이 땅으로 떨어졌다.

철푸덕!

두 사내가 땅에 얼굴을 박고는 몸을 몇 번 떨었으나 신음성만 낼 뿐 일어나지 못하였다. 한 명은 팔이 부러졌고 다른 한 명은 다리가 부러졌다.

얼마 지나지 않아 주루 안은 잠잠해졌으며 곧 한 명의 중년인이 손을 털면서 입구로 나왔다.

중년인은 날카로운 눈매와 짧은 수염이 상당히 잘 어울리는 인물이었다. 언뜻 인상을 보면 호랑이 같다고 할까? 매서운 눈동자 속에는 사람을 압도하는 기운이 흘러넘쳤다.

"묵 선생이다."

"묵 선생께서 계실 줄이야."

구경하던 사람들이 중년인을 묵 선생이라 부르다 그가 걸음을 옮기자 일제히 길을 열어주었다. 그 누구도 그를 욕하는 사람이 없었으며 오히려 존경하는 표정으로 그를 쳐다보았다.

"묵손 이놈!"

걸음을 옮기던 중년인이 커다란 외침에 신형을 멈추었다. 그의 뒤쪽에서 다섯 명의 사내들이 빠른 걸음으로 다가오고 있었다.

"이놈! 내 수하들을 눕히다니, 정말 눈에 뵈는 게 없는 모양이구나!"

중앙에 서 있던 사십 대 초반의 중년인이 외쳤다. 그는 덩치가 좋았고, 허리에는 유엽도를 차고 있었다. 그 역시 보는 사람을 압도할 만큼 강한 인상을 가지고 있었는데, 왼 볼에 난 큰 흉터가 콧잔등 너머까지 이어진 게 특징이었다.

그가 남파라 불리는 흑룡파의 두목 장채양이었다.

"이 새끼!"

장채양은 묵손이 슬쩍 시선만 돌린 채 자신을 무시하자 도의 손잡이를 잡았다. 그러자 묵손이 입을 열었다.

"눈에 뵈는 게 없는 건 네 수하들인 것 같은데?"

묵손의 목소리는 그리 크지 않았으나 장채양의 고막을 강하게 울렸다. 장채양은 그 말에 잠시 행동을 멈추고 이를 악물었다. 묵손의 기도가 대단했기 때문이다. 거기다 묵손은 강북무림 전체를 통틀어서도 명성이 높은 인물이었다. 또한 현재는 풍운회의 사대호법 중 한 명이었다.

"고향에 잠시 볼일이 있어 온 것뿐인데…… 큰 소란을 일으키고 싶은가, 장채양?"

묵손의 목소리에 장채양은 도의 손잡이를 잡았던 손을 거두며 한 발 물러섰다.

"물러간다!"

장채양이 소리치며 신형을 돌리자 같이 온 수하들도 그 뒤를 따랐다. 묵손은 비릿한 조소를 흘리더니 곧 천천히 걸음을 옮겼다.

"거물인가⋯⋯?"

장권호는 묵손이 사라지자 가만히 중얼거렸다. 그러다 옆에 십 대 후반의 소년이 묵손을 끝까지 쳐다보고 있자 어깨를 건드렸다.

"어이."

"⋯⋯?"

소년이 고개를 돌리자 장권호가 물었다.

"저 사람이 좀 유명한 사람이냐?"

"헛! 이 사람 이거, 웃기는 사람이네⋯⋯. 여기 창주 출신중에 가장 유명한 무인이 바로 저 묵 선생이셔. 저 사람이라니."

소년이 화난 표정으로 쳐다보자 장권호는 미소를 보이며 다시 물었다.

"그렇게 대단한 분이시냐?"

"물론 대단하시지. 강북제일이라는 풍운회에서도 단 네 명뿐인 호법으로 계시거든. 이번에 고향에 오셨는데 어디서 소문을 들었는지 이름 좀 날린다는 무림인들이 와서 결투를 청하는 모양이야. 편히 쉬려고 오셨는데 상당히 귀찮으신 모양이더라."

"그랬군."

장권호는 고개를 끄덕인 후 곧 소년의 어깨를 두드려주곤 주변에 잠을 잘 곳이 있는지 알아보기 위해 걸음을 옮겼다.

'묵손이라……'

장권호는 내일 찾아가야겠다는 생각이 들었다.

이름 있는 무인이 같은 마을 출신이라면 누구나 자랑 삼을 것이다. 굳이 친하게 대화를 나누는 사이가 아니더라도, 옆집에 사는 사람이 아니더라도 말이다.

자기를 위해서 무언가 해준 것은 없지만 자기를 대신하여 뭔가를 한다고 생각했다. 그게 대리만족이었고, 그러한 만족은 일상에 지친 심신을 달래주었다.

쿠당!

바닥에 쓰러진 청년은 이제 갓 스물이 된 듯 보였다.

그는 넓지 않은 마당 한쪽에 쓰러졌다가 인상을 쓰며 일어섰다. 청년의 앞에는 일 장 정도의 거리를 두고 묵손이 서 있었다. 뒷짐을 지고 서 있는 묵손은 여유 있는 표정으로 청년을 바라보았다.

"한 수 더 배우고 싶소이다."

청년이 허리를 낮추며 자세를 잡자 묵손은 묵묵히 고개를 끄덕였다.

"합!"

기합과 함께 청년의 신형이 맹수처럼 낮은 자세로 묵손의 하체를 노렸다. 양손이 허리를 찌르는 형상이었다.

묵손은 한 발 물러서며 기볍게 발을 들고 내렸다.

슈악!

가볍게 한 행동이나 강한 바람이 청년의 전신을 스쳤다. 발에 담긴 잠력이 대단하다는 것을 한눈에 알 수 있었다. 청년은 신형을 한 바퀴 돌리며 원심력을 손등에 담아 묵손의 얼굴을 강타했다. 그 속도가 벼락같았고 망설임이 없었다.

탁!

왼손을 가볍게 들어 청년의 손등을 막은 묵손은 눈을 반짝였다.

"잘 배웠군."

짧은 말과 함께 묵손이 오른손으로 청년의 오른 가슴을 가볍게 때렸다. '툭!' 하는 소리가 난 것으로 보아 가볍게 스친 듯 보였으나 청년은 전신을 떨며 뒤로 물러서더니 이내 바닥에 무릎을 꿇었다. 묵손이 주변에 서 있는 하인들에게 고개를 끄덕이자 하인들이 청년을 들쳐 메고는 밖으로 나갔다.

묵손을 손을 털더니 신형을 돌려 객실로 들어갔다.

"오늘 온 청년은 이름이 좀 있는 모양이군요?"

묵손은 자신의 앞에 앉아 있는 면사녀의 말에 고개를 끄덕였다.

"며칠 후에 있을 무관시험에 응시하려는 놈인데, 자기 실력을 시험하고 싶다며 찾아왔지요."

"아는 사람인 모양이에요?"

"조카입니다."

"아…… 그래서 상대하셨군요. 이상하다는 생각을 잠시 했었어요. 묵 호법이 이곳에 와서 아직 아무도 상대해주지 않았는데, 첫 상대가 저렇게 젊은 사람이니 의외다 싶었지요."

면사녀의 눈동자가 빛을 발하는 것 같았다. 면사에 가려져 눈 아래는 안 보이나 취록색의 무복을 입고 있는 그녀는 눈이 조금 크고 맑았다.

"내일이면 이곳을 떠나야 하니, 오늘은 일찍 쉬셔야 합니다."

묵손의 말에 그녀는 아쉽다는 듯 한숨을 내쉬었다.

"내일 풍운회로 돌아가면 또 한동안 밖에 못 나오는데……
조금 늦게 가면 안 될까요?"

그녀의 말에 묵손은 고개를 저었다.

"그건 안 됩니다. 약속된 기간은 한 달입니다. 한 달 안에 돌아간다는 조건으로 나온 것입니다. 내일 떠나지 않으면 회주님과의 약속을 지키지 못합니다."

묵손의 딱딱한 목소리에 면사녀의 눈썹이 내려가더니 상당히 실망한 표정으로 눈을 내리깔았다.

"바닷가도 가보았고 태산도 올라가 보았으면 충분하다고 생각합니다. 이 이상 외부를 돌아다니면 풍운회에 원한이 있는 사파 놈들과 마주칠 위험이 있습니다."

"사파 놈들과 마주치면 묵 호법님이 구해주시면 되지요."

당연하다는 듯 면사녀가 답하자 묵손은 안색을 바꾸며 말했다.

"저 혼자서는 아가씨를 보호하는 데 한계가 있는 법입니다. 지금까지는 이렇다 할 일이 없었으나 이곳에 제가 왔다는 것을 마을 사람들이 아는 이상 사파의 귀에 들어갈 것입니다."

묵손의 말에 면사녀는 잠시 고민하다 고개를 끄덕였다. 묵손이 이렇게까지 말하는데 안 들을 수 없었다.

"알았어요. 다음 기회에 다시 외출하기로 하고 내일 풍운회로 돌아갈게요."

"잘 생각하셨습니다."

묵손이 표정을 풀며 안심한 표정으로 고개를 끄덕였다.

다음 날 아침 일찍 일어난 장권호는 한 번의 소주천을 이룬 후 깊은 심호흡을 내쉬는 것으로 운기를 마무리하고 검과 도를 어깨에 걸치고 주루를 나왔다.

지금까지 많은 대결을 해왔지만 중원에서 명성 있는 무인과의 대결은 처음이었다. 그렇기 때문에 평소와 달리 긴장할수밖에 없었다. 그러다 보니 평소와는 다른 방법으로 운기를 하게 되었고, 조금 늦은 아침에 나오게 되었다.

　묵손의 거처는 쉽게 알 수 있었다. 워낙 유명인이다 보니 모르는 사람이 없었기에 아무나 붙잡고 물어도 다들 선뜻 대답해주었다. 집의 위치를 알아낸 뒤에 망설임 없이 묵손의 집 앞으로 걸어갔다.

　묵손의 무공이 과연 어느 정도인지 알고 싶었으며, 어떤 종류의 무공을 사용하는지 궁금했다. 중원 무공이 어느 정도의 수준인지 파악할 수 있는 좋은 기회라 여겼다.

　하지만 장권호는 묵손의 집에 도착하자 당황할 수밖에 없었다.

　"새벽에 떠나셨는데요."

　하인의 말에 장권호의 표정에는 별 변화가 없었으나 당황한 나머지 저도 모르게 몸에서 강렬한 기운을 발산하였다. 그 기운에 하인이 놀란 표정으로 뒤로 물러섰다. 장권호는 인상을 쓰며 신형을 돌렸다.

　"제길……."

　"풍운회로 간다고 하셨습니다."

　하인의 목소리가 뒤에서 들리자 장권호의 마음속에 다시한 번 풍운회란 이름이 새겨졌다.

'생각보다 인연이 있는 모양이야……'

장권호는 석가장에 들른 후 바로 개봉으로 가야겠다는 생각을 하였다.

다각! 다각!

갈색의 준마가 끌고 있는 마차는 느리게 대로를 지나고 있었다. 마부석엔 묵손이 앉아 있었으며 마차 안에는 면사녀가 있었다.

크지도 않고 화려한 점도 없는 평범한 마차였다. 크게 눈에 띄는 점이 없었다. 단지 마부석에 묵손이 앉아 있다는 점이 특이할 뿐이었다.

다각! 다각!

말발굽 소리가 조용히 대지 위에 울리고 있었다. 대로를 한 시진 정도 지나자 사람들의 그림자도 사라졌고, 저 멀리 지평선 너머까지 이어지는 길 위엔 오직 그들의 마차 한 대만 덩그러니 남아 있었다.

"……?"

마부석에 앉은 묵손은 갑자기 대로의 저 멀리에 마치 점을 찍어 놓은 듯한 물체가 보이자 살짝 안색을 찌푸렸다. 그 물체의 윤곽이 사람처럼 보였기 때문이다. 그리고 이렇게 태양 빛이 강렬하게 내리쬐는 대로에 맨몸으로 서 있다는 점이 의심스러웠다.

적어도 일반 사람이라면 걸음을 옮기든가 그늘을 찾아 쉴 것이다. 길 위에 가만히 서 있을 이유가 없었다.

점 같은 물체가 사람이 되고, 그 사람의 모습이 어느 정도 보일 정도로 가까워지자 묵손은 마차를 멈춰 세웠다.

"워! 워!"

말이 걸음을 멈추자 마차 안에서 휘장을 걷으며 면사녀가 얼굴을 내밀었다.

"무슨 일이에요?"

"손님이 있습니다."

"그런가요?"

면사녀는 그 말에 궁금한 표정으로 십 장 정도의 거리를 두고 서 있는 청년을 쳐다보았다. 청년은 허름한 옷차림에 봉두난발이었으며 허리 양쪽에 도를 하나씩 차고 있었다.

"거지 같은데⋯⋯. 보통 거지보단 조금 깨끗한 옷이네요. 풋!"

면사녀가 웃음을 참았다. 그러자 묵손이 말했다.

"유명한 놈입니다."

"그래요?"

면사녀가 유명하다는 말에 조금 놀란 듯 청년을 쳐다보았다. 청년은 팔짱을 끼고 서 있다가 묵손과 눈이 마주치자 누런 천을 꺼내 이마를 가린 머리카락을 올리고 흘러내리지 않도록 묶었다. 그러자 며칠 씻지 않았음에도 준수한 외모가 면사녀의 눈에 들어왔다.

"어려 보이는데요?"

묵손은 그 물음에 미소를 보이며 말했다.

"어리지요. 거기다 상당히 귀찮은 놈입니다. 무엇보다……
건방진 놈이지요."

묵손은 마부석에 내려와 땅에 섰다.

"안에서 기다리십시오."

"그럴게요."

면사녀가 고개를 끄덕였다. 묵손의 기도가 강하게 흘러나
왔기 때문이다. 그가 상대방에 대해서 어느 정도 알고 있다
는 점도 평소와는 달라 보였다.

'묵 호법이 인정하는 젊은 사람이 또 있었나?'

면사녀는 묵 호법과 대등한 실력의 젊은 청년을 떠올리며
살짝 얼굴을 붉혔다. 그 인물은 잘생겼고 시서화에 능했으며
무공 또한 뛰어났다. 강북에서 가장 유명한 젊은 고수가 풍
운회에 있었고, 면사녀 역시 그 청년에 대해서는 호감을 가
지고 있었다.

"오랜만이오."

청년의 목소리에 묵손은 고개를 끄덕이며 양손을 늘어뜨
렸다. 그의 투지가 강하게 흐르자 청년은 흰 이를 드러내며
도의 손잡이를 잡았다.

"삼 년 만이로군, 양초랑."

묵손의 말에 양초랑은 도를 뽑았다.

스르릉!

도집에서 흘러나오는 소리가 시리도록 서늘했다.

'양초랑이라면…… 쌍환도…….'

면사녀는 눈앞의 청년은 자신이 아는 청년과 어깨를 나란히 하는 쌍환도라는 사실에 매우 놀라고 있었다. 다른 이유가 있어서 그런 게 아니다. 같이 어깨를 나란히 하는데 한 명은 깨끗했고 눈앞의 청년은 더러웠다. 그 차이 때문이었다.

명성에 대한 호감은 있어도 사람에 대한 호감은 당연히 떨어질 수밖에 없었다.

'옷 좀 빨아 입지…….'

면사녀는 속으로 생각하며 아미를 찌푸렸다.

슥!

묵손이 품에서 섭선 하나를 꺼내 손에 쥐었다. 그의 애병인 철연(鐵戀)이었다. 부챗살 하나하나가 강철로 이루어져 있으며 강도가 높은 천잠사로 부챗살을 이었다. 웬만한 병기로는 흠집도 내지 못할 무기였다.

"아저씨도 삼 년 만인데 조금 늙은 것 같소."

"그래 보이나? 하지만 씻지 않아 꾀죄죄한 자네가 더 나이 들어 보일 것이네."

"흥!"

양초랑은 코웃음을 흘리며 자세를 낮추었다. 그의 전신에서 강렬한 살기(殺氣)가 발산되기 시작했다.

"풍운회에 기어들어가 영원히 안 나올 거라 여겼는데, 창주에 모습을 보일 줄이야. 기쁘기 한량없구나!"

쉭!

양초랑은 말을 마치자마자 번개처럼 앞으로 내달려 십 장의 거리를 순식간에 좁히고 묵손의 앞까지 이르렀다.

쉬악!

양초랑의 신형이 묵손의 앞에 나타남과 동시에 도 그림자가 묵손의 목을 향해 날아들었다. 묵손은 굳은 표정으로 섭선을 들었다.

땅!

"……!"

묵손의 발이 반보 뒤로 물러섰다. 양초랑의 일격에 실린 위력이 강력했기 때문이다.

"하하하하!"

그 움직임에 만족한 것일까? 양초랑이 번개처럼 빠르게 회전하며 묵손의 상체를 노리고 도를 마구잡이로 그었다.

따다다당!

바람 소리와 도 그림자가 난무했고 묵손의 손에 들린 섭선의 그림자 역시 환영처럼 나타났다 사라지기를 반복했다. 금속음이 요란했으나 시끄럽다는 생각은 안 들었다.

쉬악!

수많은 도 그림자가 사라진 순간 양초랑의 도 끝이 묵손의 미간을 찔렀다. 그 짧은 순간 묵손의 눈이 빛났다.

땅!

도신을 옆으로 쳐낸 묵손은 재빠르게 왼손을 앞으로 찔렀다.

슈악!

바람 소리와 함께 강력한 경기가 왼손바닥을 타고 양초랑의 복부로 향하자 양초랑은 몸을 크게 틀더니 왼손에 든 도로 묵손의 일격을 막았다.

땅!

손바닥과 도면이 부딪히자 금속음이 터진 직후 양초랑의 신형이 뒤로 십여 걸음이나 밀려나갔다.

"네놈은 여전히 초식의 흐름이 끊기는구나. 광해난무(狂海亂舞) 다음에 질주강호(疾走江湖)로 이어질 때 벌어지는 반 호흡의 틈을 메워야 나를 뒤로 물러서게 할 수 있을 것이다."

"빌어먹을 새끼."

양손에 든 도를 더욱 강하게 움켜쥔 양초랑은 입술을 깨물며 낮은 자세를 잡았다. 도 끝은 묵손의 목과 이마를 노리고 있었으며, 무게의 중심이 뒤로 쏠린 듯한 그 자세는 마치 활시위에 걸려 있는 화살 같은 모습을 하고 있었다.

"질주강호를 다시 펼칠 생각인가?"

"흥!"

쉬악!

순간 양초랑의 신형이 번개처럼 흔들리며 좌우에서 묵손을 베어갔다. 그 빠름에 묵손의 눈동자 역시 굳어졌다. 하지만 그것도 잠시뿐, 묵손은 섭선을 펼쳐 아래에서 위로 땅을 긁듯 반원을 그리며 추켜올렸다.

붕!

강한 바람과 함께 거대한 흙먼지가 환영처럼 흔들리는 양초랑의 전신을 덮쳐갔다.

"이런!"

양초랑은 순간적으로 시야가 가려지자 눈을 가늘게 뜨며 멈춰 섰다.

"미흡해!"

외침 소리와 함께 먼지를 뚫고 나타난 묵손의 강렬한 시선과 마주치자 양초랑은 이를 깨물며 도를 교차시키듯 들어 이마를 막았다.

땅!

섭선의 끝과 도 끝이 부딪히자 양초랑의 신형이 뒤로 밀려나갔다.

"내력도 미흡해……"

묵손의 낮은 중얼거림에 양초랑은 타오르듯 강렬한 투기를 발산하더니 몸을 비틀어 십여 개의 도 그림자를 만들었다.

"시끄러!"

따다다당!

묵손은 그가 회전하며 역공하자 미소를 보이며 도를 막았다. 광해난무의 도 그림자는 난폭했지만 아직은 미흡해 보였다. 힘도 부족하고, 내력의 흐름이 중간 중간 끊기는 느낌도 들었다.

"삼 년 동안 놀고만 있지는 않았던 모양이군."

"시끄럽다고!"

쉭!

난폭하게 휘몰아치던 도 그림자가 사라짐과 동시에 도끼 같은 도기가 허공에서 내리쳐왔다. 묵손은 마치 유령처럼 뒤로 물러갔다.

쾅!

도기가 부딪힌 땅이 터지며 흙먼지와 함께 먼지구름이 일어났다. 그 사이를 뚫고 양초랑이 나타났다. 그 순간 양초랑은 순간적으로 묵손이 눈앞에 없다는 것을 알았다. 그 직후 자신의 옆에 서 있는 묵손의 환영에 눈을 부릅떴다.

"미숙해!"

퍽!

"커억!"

입을 크게 벌리고 눈을 부릅뜬 양초랑은 고통스러운 표정으로 자신의 복부를 강타한 묵손의 무릎을 손으로 밀었다.

휘릭!

위로 떠오르며 충격을 완화시킨 그는 한 바퀴 회전하며 바닥에 내려섰다. 그 순간, 번개처럼 눈앞에 나타난 묵손의 섭선이 머리를 강타해왔다. 그 강력한 기운에 양초랑은 오른손만으로는 막을 수 없다는 것을 직감하고 양손에 든 도를 교차시켜 막아야 했다.

탁!

"……!"

자신의 쌍도를 마치 어린아이 대하듯 가볍게 때린 섭선의 기운에 양초랑은 다시 한 번 속았다는 것을 알았다.

쉬악!

순간 묵손의 발이 다시 한 번 복부를 차왔다.

퍼억!

"크윽!"

두 번이나 연속으로 복부를 가격당하자 쓴물이 목구멍으로 솟구쳐왔다. 하지만 뒤로 다시 한 번 물러나 거리를 벌린 그는 소매로 입술을 훔치며 고통을 참았다.

"허억! 허억!"

쉭!

호흡을 고르는 그의 눈앞으로 묵손이 바람 소리를 내며 다가와 섭선을 찔렀다. 양초랑은 낮게 앉으며 묵손의 하체를 베었다.

묵손은 그 행동에 기다렸다는 듯이 가볍게 뛰어 양초랑의 어깨를 때림과 동시에 그 반탄력을 이용해 뒤로 물러섰다.

"큭!"

왼 어깨를 가격당한 양초랑은 안색을 바꾸었다. 그의 전신에서 뜨거운 열기가 아지랑이처럼 피어올랐다. 마치 육체가 열기에 서서히 타오르며 연기가 나고 있는 모습 같았다.

"얼마 전 곽산에서 한바탕 했다고 들었다."

"그래서?"

"이제는 이름 모를 산적들이나 죽이며 사는 모양이구나."

"지랄……. 내 일에 참견할 생각은 하지 마."

"사람을 그렇게 도살하니 기분이 좋더냐?"

"도살?"

"그게 도살이 아니면 무엇이지?"

"그 새끼들은 죽어 마땅한 놈들일 뿐이야!"

양초랑이 크게 화난 표정으로 외치자 묵손은 깊은 숨을 내쉬며 섭선을 품에 넣었다.

"그만하자. 내상이 심할 텐데, 그만 돌아가거라."

"헛소리하지 말고 덤벼."

양초랑은 어깨를 떨며 낮게 말했다. 자신을 상대하지 않겠다는 묵손의 행동에 자존심이 상한 것이다.

"내가 네게 패하는 날이 있다면 그건 네놈이 풍운회에 나타나는 날이겠지."

묵손은 곧 신형을 돌리곤 미련없이 마차에 올랐다.

"출발하지요."

묵손의 말에 면사녀는 고개를 끄덕였다. 곧 마차가 출발했고, 대로에 서 있는 양초랑의 눈에 휘장 안쪽에서 자신을 쳐다보던 면사녀의 눈이 보였다. 하지만 양초랑은 그녀를 보고도 아무런 생각도 할 수 없었다. 머릿속이 무수히 많은 생각들로 복잡하게 엉켜 있었기 때문이다.

"어떤 사이예요?"

한참 동안 말없이 마차 안에 있던 면사녀가 물어오자 묵손은 씁쓸한 표정으로 대답했다.

"제 사제입니다."

"아……."

면사녀는 그 말에 더 이상 입을 열지 않았다. 무엇보다 놀란 것은 묵손에게 사제가 있다는 점이었다. 그런 이야기는 지금까지 단 한 번도 들어 본 적이 없었다.

"묵 호법에게 사제가 있다니 놀랍군요."

"후후……."

묵손은 가볍게 웃음을 흘렸다.

"사제가 있었으면서 왜 숨겼나요?"

"숨긴 게 아니라 묻지 않아 대답 안 했을 뿐입니다."

"호호."

그 말에 면사녀는 가볍게 웃었다.

"돌아가면 오라버니에게 알려야겠어요. 묵 호법에게 사제가 있었다고. 그런데 그 사제가 유명한 쌍환도라고 말이에요. 분명 놀라실 거예요."

"아마 알고 계실 것입니다."

"이런……."

면사녀는 아쉽다는 표정으로 아미를 찌푸렸다. 그러다 표정을 바꾸며 물었다.

"그런데 쌍환도는 왜 풍운회에 안 들어오는 건가요?"

"그건…… 저 때문입니다."

묵손의 말에 면사녀는 그 이유가 궁금했다. 하지만 묵손의 표정이 크게 굳어지자 더 이상 묻지 않았다. 나중에 술 한잔 사주면서 물어야겠다는 생각이 들었다.

"알았어요……. 묻지 않을게요. 저는 잠시 눈 좀 붙여야겠어요."

"알겠습니다. 살살 몰지요."

묵손은 미소를 보이며 대답했다. 하지만 얼마 지나지 않아 다시 눈을 뜬 면사녀가 외쳤다.

"아악! 궁금해 죽겠어요! 말해주세요! 왜 묵 호법 때문에 쌍환도가 풍운회에 안 오는 건데요?"

"하하!"

묵손은 그 외침과 말에 유쾌한 표정으로 웃어버렸다. 그렇게 잠시 웃던 묵손은 곧 느긋한 표정으로 입을 열었다.

"제가 사형이고 그놈이 사제인데…… 사이가 좋지 않아 그런 것뿐입니다. 스승님이 돌아가시자 저는 풍운회에 들어왔고 아직 어렸던 그놈은 혼자 지냈습니다. 아마 그게 마음에 안 들어서 그런 모양입니다."

"에이…… 겨우 그런 것이에요?"

"그렇습니다."

묵손은 미소를 보이며 고개를 끄덕였다. 절대 거짓말은 아니었기 때문이다.

제6장

힘든 하루

처음 비무를 한 상대는 대사형이었다. 대사형은 목검으로 나를 상대했고, 나는 맨손으로 대사형을 상대했었다. 나름대로 열심히 수련했으니만큼 있는 힘껏 달려들었지만 대사형은 화난 표정으로 마구 때렸었다. 최선을 다하지 않았다는 이유에서였다. 처음의 비무는 그렇게 온몸에 멍이 들고 끝이 났다.

며칠을 앓아누웠지만 잠들지 못했다. 너무 억울하기 때문이었다. 분명 최선을 다했는데도 안 했다는 누명이 억울했다. 그래서 몸이 다 낫자마자 다시 덤볐다. 그러다 보니 대사형은 어느 순간부터 진검을 들었고, 그 이후로 나는 비무에 대한 두려움을 잊었다.

"묵손?"

"예."

"철심객(鐵心客) 묵손?"

"그렇습니다."

수하의 보고에 의자에 앉아 있던 중년인의 입꼬리가 미묘하게 흔들렸다. 짧은 수염 역시 입술과 함께 움직였으며, 눈동자에선 강렬한 빛이 흘러나왔다.

"위치는?"

"파악 중입니다. 하지만 아직 개봉부로 들어가지는 않은 듯합니다."

수하의 보고에 중년인은 고개를 끄덕이며 자리에서 일어섰다. 그가 일어서자 남색 피풍의가 흔들렸다. 흔들리는 피풍의의 뒤쪽 중앙에는 도깨비 얼굴이 붉은색으로 그려져 있었다.

"묵손 혼자가 확실한가?"

"아닙니다. 동행이 한 명 있는데 면사를 쓴 여자라 합니다. 이십 대로 보이는 여자입니다."

"하하하하!"

수하의 말에 중년인이 크게 웃었다.

"풍운회에서 묵손과 함께 다니는 여자라……. 묵손이 누구의 호위인지 잘 알고 있지 않느냐?"

수하에게 묻자 수하의 눈동자가 커졌다.

"미청향(美淸香) 조선약!"

수하의 놀람에 중년인은 다시 한 번 크게 웃었다.

"그래⋯⋯. 하하하하! 풍운회주의 동생이지. 소리 없이 풍운회를 나온 모양이군⋯⋯."

중년인은 고개를 끄덕이며 무언가를 결심한 듯 주먹을 쥐더니 곧 박수를 한 번 치곤 말했다.

"장소에게 전서를 띄워. 묵손의 수급과 조선약을 데려오라고."

"존명!"

수하의 큰 대답 소리에 중년인은 만족한 표정으로 자리에 앉았다.

"후후⋯⋯."

중년인은 상당히 재미있다는 표정으로 창밖을 쳐다보았다.

                    *   *   *

후두둑!

양초랑은 빗방울이 얼굴에 떨어지기 시작했음에도 멍하니 하늘만 바라보고 있었다.

쏴아아아!

소나기처럼 굵은 빗줄기가 피부를 때리자 그제야 정신을

차린 듯 눈을 깜빡였다.

"후우……."

양초랑은 가만히 숨을 들이마시더니 곧 맹수가 포효하듯 소리쳤다.

"으아아아아!"

아무도 없는 대지 위에 홀로 미친 듯이 소리친 그는 한 줌 진기도 배 속에 남기지 않은 듯 바닥에 누웠다.

"빌어먹을 새끼가…… 도살자라니……."

다른 어떤 말보다 자신을 도살자라 부른 묵손의 독설이 가슴을 짓눌렀다. 세상을 그렇게 살지 않았다고 자부해왔는데도 그 독설이 틀렸다고 자신할 수 없는 이율배반적인 마음 때문이다.

"제길……."

양초랑은 자리에서 일어나 천천히 걷기 시작했다.

작은 구릉 위에 지어진 집은 사람이 안 산 지 오래된 듯 반쯤 허물어져 있었다. 사람이 안 사는 집이 분명해 보였는데, 안에서 피어나는 연기로 보아 누군가 있는 게 확실했다.

쏴아아!

빗방울은 그칠 줄 모르고 하늘에서 쏟아져 내렸으며 지붕에 부딪힌 빗방울은 시원한 소리를 내며 처마 밑으로 흘러내렸다.

타닥! 탁!

한쪽에서 타고 있는 불은 뜨거운 기운을 집 안 전체에 나누어주었다. 그 주변에 젖은 옷이 대충 걸려 있었고, 그 사이에 반라의 청년이 앉아 있었다. 청년은 불에서 반 장 정도 떨어진 거리에 앉아 몸을 말리고 있었다.

"실례하겠소이다!"

쿵!

큰 목소리를 내며 문을 벌컥 연 양초랑은 방 안에서 반라의 청년이 자신을 쳐다보고 있자 잠시 표정을 굳혔다. 하지만 그것도 잠시뿐, 청년이 자신과 비슷한 나이로 보여 금세 거리낌 없이 웃으며 다가갔다.

"하하하! 사해가 다 동도라 하지 않나? 이렇게 비 오는 날, 그것도 드넓은 대지 위에 수많은 빈집들 중에서도 이곳! 바로 여기에서 우리가 만난 것은 인연이 아니겠나? 잠시 실례하겠네."

양초랑은 자신의 할 말을 다 하면서 안으로 들어와 청년의 옆에 앉더니 곧 옷을 벗기 시작했다. 청년처럼 반라가 되자 그는 젖은 옷가지를 대충 아무렇게나 불 주변에 널어놓고는 나무판자 하나를 가져와 엉덩이 밑에 깔고 편히 앉았다.

"나이도 어려 보이는 것 같은데 편히 대하지. 나는 양초랑이다."

"장권호."

장권호의 대답에 양초랑은 고개를 끄덕였다. 그 모습에 장권호는 조금 어이가 없었지만 크게 신경 쓰지 않았다. 무례하다고 보면 상당히 무례한 모습이었다. 하지만 예법을 따지는 성격이 아니기에 장권호는 대충 넘어갔다.

"그런데 형장은 뭐하는 인간이야?"

"응?"

장권호가 그 물음에 시선을 던지자 양초랑이 한쪽 벽에 기대어 있는 흑색 검과 도를 턱으로 지목했다. 그러자 장권호는 손을 들어 양초랑이 벽에 기대어 놓은 쌍도를 지목하며 말했다.

"같다고 생각하면 되지 않을까?"

"그런가? 하하하하! 이거 반갑군. 이런 곳에서 무림인을 보게 될 줄이야. 이거, 이거. 그런데…… 초출인가?"

"그건 왜 묻지?"

"내 이름을 듣고도 놀라지 않으니까."

양초랑의 말에 장권호는 이상하다는 표정으로 양초랑을 쳐다보았다.

"유명한 사람인가?"

"물론 유명하지. 이곳 하북에선 나 모르면 하북 사람이 아니라 할 정도니까."

팔짱까지 끼며 양초랑은 고개를 끄덕였다. 그러자 장권호가 피식거리며 말했다.

"악인인 모양이군. 자기 자랑을 하는 놈들은 사파 놈들밖에 없다고 들었는데 말이야."

"뭐! 내 어디가 악인처럼 보이냐? 이런 악인 봤어? 이렇게 잘생긴 악인 봤냐고!"

양초랑은 보란 듯이 이마를 가린 머리카락을 쓸어 올리며 소리쳤다. 그 말에 장권호는 그의 얼굴을 자세히 살펴보았다.

"호오…… 꽤 잘난 얼굴이야."

장권호는 양초랑의 굵은 눈썹과 사내답게 강인해 보이는 눈동자가 마음에 들어 고개를 끄덕였다. 다만 여자같이 가는 턱선과 콧대가 마음에 안 들었다. 사내는 사내다워야 한다는 생각 때문이다.

"그렇지? 하하! 내가 좀 미남이긴 하지. 그래서 여자들이 가만히 놔두지를 않아. 그래서 이렇게 대충 하고 다니는 거지만. 이렇게 대충 하고 다녀도 가끔 여자들이 꼬인다니까. 이거 상당히 고민이라고."

"재미있는 놈이군."

장권호의 말에 양초랑은 안색을 바꾸며 말했다.

"재미는 있지만 무섭기도 하지. 사파 놈들에게는 피도 눈물도 없으니까."

그의 목소리에 담긴 차가운 살기가 방 안의 온도를 낮추었다. 그러한 기도에 장권호는 그저 미소만 보일 뿐이었다. 양초랑은 자신의 강한 기도에도 장권호가 큰 변화 없이 앉아 있자 의외로 수련을 많이 한 초출로 여겼다.

"강호에는 처음 나오지?"

"중원이 처음인데."

"호오……."

양초랑은 그 말에 눈을 반짝였다.

"어디야? 장족? 회족? 강족? 몽고?"

"고려."

짧은 대답에 양초랑은 의외라는 표정으로 장권호를 쳐다보았다. 그러다 그가 자신에 비해 조금 더 키가 크다는 점과 피부가 하얗다는 점에 인상을 찌푸렸다. 얼굴은 자신이 더 잘생겼지만 왠지 전체적으로 그에 비해 못나 보였기 때문이다.

"고려라…… 의외로군. 고려에서 이곳까지 올 이유가 있나?"

그 물음에 장권호가 살짝 눈을 반짝였다.

"이유?"

양초랑은 고개를 끄덕였다. 장권호는 짧게 대답했다.

"원한."

"음……."

양초랑은 침음을 삼키며 안색을 바꿨다. 고려인은 상당히 독하다는 소문을 들어왔기 때문이다. 그래도 의외는 의외였고 살아생전 처음으로 보는 고려인이었다. 그래서일까? 양초랑은 신기한 표정으로 장권호의 전신을 다시 한 번 살폈다.

"그럼 무공도 고려 무공인가?"

"그렇다고 봐야지. 장백파에서 왔으니까."

장권호는 자신의 문파에 대해서도 거짓 없이 대답해주었다. 그 순간 양초랑의 눈빛이 굳어졌으며, 강렬한 기도가 그의 전신에서 흘러나오기 시작했다.

"십몇 년 전 어느 날, 나의 스승님은 북쪽에서 온 이방인과 비무를 하셨지……. 그리고 얼마 지나지 않아 돌아가셨다."

"호오…… 흥미로운데?"

장권호의 눈동자가 반짝이기 시작하자 양초랑은 스산한 미소를 보이며 다시 말했다.

"그 이방인의 이름은 장검명……."

"……!"

장권호는 생각지도 못한 곳에서 그리운 이름을 듣자 눈을 부릅떴다. 그 순간 양초랑의 수도가 번개처럼 장권호의 목을 찔러갔다.

"장백파라 하였다!"

슈악!

팍!

손끝의 날카로움은 바위조차 뚫어버릴 것 같았다. 하지만 허공만 스친 손끝을 거둔 양초랑은 시선을 돌려 우측에 서 있는 장권호를 쳐다보았다.

"확실히 장백파였어……."

"사형을 아는 모양이군."

장권호의 표정이 바뀌었다. 무심하면서도 감정이 전혀 없는 사람 같은 눈동자였다. 날카로움도 불타는 분노도 없는 눈동자에 양초랑은 순간적으로 위험을 직감했다.

슥!

장권호의 손이 벽 쪽으로 향하자 검은 도가 허공을 날아 장권호의 손에 잡혔다.

'허공섭물!'

양초랑은 그 한 수에 매우 놀란 듯 눈을 크게 떴다. 자신은 아직 그 정도의 경지까지 못 갔기 때문이다. 경지의 격차는 있으나 그렇다고 물러설 생각도 없었다.

양초랑은 재빠르게 뒤로 물러나 양손에 도를 쥐곤 장권호를 노려보며 자세를 낮추었다.

"사형을 보았나?"

"본 적은 없다. 하지만 그자와 비무하신 후 얼마 지나지 않아 스승님은 돌아가셨다."

"원한관계가 성립된 건가?"

"그렇다고 봐야지."

"노환은 생각 안 해봤나?"

"그럴 리가 없어."

양초랑이 고개를 저으며 부정하듯 중얼거리곤 장권호를 향해 늑대처럼 날카로운 살기를 뿌렸다.

"사형을 누가 죽였지?"

"……!"

막 나서려던 찰나 들려온 물음에 양초랑은 움직일 때를 놓치고 말았다. 그 질문 하나가 모든 진기를 송두리째 뺏어가는 느낌이었다. 절묘한 시기에 던진 질문이었고, 질문이 주는 충격도 강했다.

"죽어?"

양초랑은 놀란 표정으로 되물었다. 그 순간, 바람처럼 장권호의 신형이 다가왔다. 양초랑은 눈을 부릅뜨고 좌측으로 이동하며 쌍도를 교차시켜 날아드는 묵빛 도날을 막았다.

땅!

단 한 번의 부딪침에 양초랑은 어깨가 떨어질 것 같은 충격을 느껴야 했다.

"큭!"

자세를 더욱 낮추며 온몸으로 충격을 흡수한 양초랑은 반동을 이용해 앞으로 강하게 밀고 나가며 우도로 장권호의 하복부를 찔렀다.

쉭!

장권호는 재빠르게 뒤로 물러서며 자세를 잡았다. 도를 늘어뜨린 그는 생각보다 양초랑의 반응이 빠르다는 것에 나이와 겉모습으로 가늠한 자신의 예상을 넘는 고수라는 것을 알았다.

"문파는 어디지?"

"철영문이다."

철영문이란 이름에 장권호는 철영문이 어떤 문파인지 떠올리려 했다. 하지만 들어본 적 없는 곳이었다. 그런 곳에 사형이 갔다는 것일까? 장권호는 굳은 표정으로 물었다.

"사형을 누가 죽였지?"

"그걸 내가 어떻게 알아!"

슈악!

외침 직후 양초랑의 신형이 바람처럼 회전하며 좌도가 장권호의 머리를 베어갔다. 그 빠른 움직임과 회전력이 더해진 도날의 위력에 장권호는 막기보다는 허리를 숙여 피하는 쪽을 선택했다.

횡!

도날이 스치기만 했는데도 귓불이 떨어져나갈 것 같은 충격이 전해졌다. 그 순간 반 바퀴를 더 돈 양초랑의 우도가 기다렸다는 듯이 밑에서 위로 쳐올라왔다. 그 절묘한 공격에 장권호는 도를 들어 눈앞으로 날아드는 양초랑의 우도를 막았다.

땅!

강력한 금속음과 함께 장권호의 신형이 뒤로 물러서자 양초랑의 도가 미친 듯이 수십 개의 그림자를 만들며 날아들었다.

"허!"

좁은 폐가를 가득 채운 수십 개의 도 그림자에 장권호는 매우 놀란 듯 눈을 크게 떴다.

따다다당!

쾅!

반쯤 허물어져 있던 집이 완전히 무너져 내리고, 그 잔해 위에 비를 맞으며 서 있는 두 사람이 나타났다. 두 사람의 공통점은 속옷 하나만 입고 있다는 점이었다.

"재밌는 놈이로군."

장권호는 도날이 어깨를 살짝 스치며 낸 상처를 만지며 중얼거렸다. 재미있다고 말한 건 지금까지 이렇게 난폭하고 막무가내로 덤벼드는 놈은 본 적이 없었기 때문이다. 어지간한 무인은 난폭하게 움직이는 양초랑의 쌍도를 피하지 못할 거라 여겼다.

거기다 양초랑의 몸놀림은 매우 빨랐고, 초식 역시 정교했다. 빈틈이 거의 없다고 봐야 했다. 그러한 움직임 역시 재미있다고 여긴 장권호였다.

"장백파의 무공은 강하다고 들었는데 별거 아닌가보군."

"중원의 무공은 익숙지 않아."

그렇게 말한 장권호는 도를 어깨 높이로 들더니 한 발 나섬과 동시에 허공을 찔렀다.

팟!

"헉!"

순간 양초랑의 눈에는 징권호의 도가 암기라도 된 듯 도신이 손잡이에서 빠져나와 날아오는 것처럼 보였다. 급히 허리를 활처럼 뒤로 젖힌 양초랑은 배 위를 스치는 묵빛 도날을 쳐다보며 크게 당황했다.

팟!

스친 것뿐인데도 가슴이 화끈거렸다.

묵빛 도날이 어느 순간 사라지자 상체를 든 양초랑은 가볍게 뛰어올라 자신을 향해 일도양단(一刀兩斷)하는 장권호의 모습을 눈에 담았다.

"하압!"

기합을 지르고 가볍게 땅을 차며 두 개의 도가 회전을 일으키며 장권호의 상체를 찔러갔다.

"호오!"

장권호는 그 쾌속함에 감탄하며 더욱 빠르게 내리쳤다.

쾅!

반원형의 도기와 양초랑의 쌍도가 부딪히자 강력한 반발력이 일어나며 둘의 신형을 뒤로 날려 보냈다.

휘리릭!

허공에서 한 바퀴 돌아 가볍게 내려선 장권호는 떨어지는 빗줄기 너머에서 숨을 거칠게 몰아쉬는 양초랑의 모습을 눈에 담았다.

"허억! 허억!"

어깨가 떨어질 것 같은 충격에 하마터면 혼절할 뻔한 양초랑은 가까스로 정신을 다잡고 장권호를 노려보았다.

"제길…… 낮에 그 새끼와 싸우지만 않았어도……."

"내상을 입은 상태였던 모양이군?"

"흥! 낮에 어떤 새끼와 손을 좀 겨루었지. 그러다 내상도 입었고. 하지만 그깟 내상 때문에 네놈을 못 이길 실력은 아니다."

그 말에 미소를 보인 장권호는 도를 도집에 넣으며 말했다.

"비가 그칠 때까지 기다려주지. 내상이나 치료하라고."

"뭐?"

양초랑이 그 말에 무슨 말인지 몰라 장권호를 노려보았다. 그러자 장권호가 무너진 집의 잔해에 앉으며 말했다.

"비가 그칠 때가지 운기하라고. 내상이 다 나은 네놈과 겨루고 싶으니까."

장권호의 말에 양초랑은 어이없다는 듯 장권호를 쳐다보았다. 문득 눈앞에 있는 장권호가 미친놈이 아닐까 하는 의심이 들었다. 머리가 돌지 않고서야 자신이 유리한 상황에서 저런 말을 할 수 없지 않은가 하는 생각 때문이다.

"나를 이길 기회를 걷어차는 건 네놈 인생에서 큰 행운을 놓치는 것과 같을 텐데?"

"운기하고 나서 말해. 시끄러우니까."

장권호의 담담한 목소리에 양초랑은 뭐라 하려다 입을 닫았다. 시끄럽다는 말 때문이다.

"여기서 기다려라. 운기하고 올 테니……. 물론 도망쳐도 원망은 안 할 생각이다. 언젠가는 찾을 테니까."

"쓸데없는 말 하지 말고 갔다 와. 키다릴 테니."

장권호가 귀찮다는 표정으로 손을 내저으며 말하자 양초랑은 상당히 불만 어린 표정으로 장권호를 노려보다 곧 옷가지를 챙긴 후 사라졌다. 그가 사라지자 장권호는 옆에 보이는 나무 아래로 들어가 앉았다.

나뭇잎 사이로 빗방울이 떨어졌으나 개의치 않았다. 오히려 터질 듯 크게 뛰는 심장을 붙잡는 데 더 신경을 써야 했다.

'사형……'

쏴아아아!

비가 오고 있었다. 비는 자주 내리지는 않지만 가끔 내릴 때면 며칠 동안 이어지곤 했다. 어제도 비가 왔고 오늘도 비가 왔다. 마당에 서 있는 시간 역시 어제나 오늘이나 같았다.

"단삼권은 하체에서부터 그 힘이 나온다. 그러니 하체를 단련함에 있어서 게으름을 피워서는 안 된다."

"네."

이제 막 칠팔 세로 보이는 소년이 이십 대 초반의 청년이 하는 말을 들으며 마보 자세를 취하고 있었다.

"힘들어도 참아야 한다."

"네, 사형."

소년은 사형이라 부른 청년의 말을 꼭 들어야 한다는 생각으로 입술을 깨물며 어려움을 견뎌내고 있었다.

"힘들면 눈을 감고 주변에서 들리는 소리에 집중해 보거라. 풀벌레 소리, 바람 소리…… 그리고 멀리서 들리는 계곡의 물소리들……. 그 소리들이 네게 힘을 줄 거다."

사형의 말에 소년은 눈을 감고 주변에서 들리는 수많은 소리들을 귀에 담기 시작했다. 작은 벌레들의 소리부터 바람에 휘날리는 나뭇잎들의 소리까지……. 그렇게 소년은 어릴 때부터 주변에서 들려오는 만물의 소리를 항상 들으며 자랐다.

그게 모든 생명의 근원을 깨닫는 과정이며, 내공수련으로 자연스럽게 이어지는 길이라는 것을 소년은 후에 알았다.

그것이 장백파의 기본심공이자 모든 장백무공의 근간인 삼원심법(三元心法)의 수련법이었다.

"후우······."

길게 숨을 내쉰 후 눈을 뜬 장권호는 어릴 때부터 익혀온 삼원심법으로 주변에서 들리는 바람 소리를 귀에 담았다. 처음에는 소리로만 들리던 것이 어떨 때는 언어처럼 들려왔고 어떨 때는 그 소리들이 음률로 변하여 마음의 안정을 찾아주었다.

표정으로 드러내지는 않았지만 장권호는 대사형의 이름을 들은 직후부터 계속 흥분한 상태였다. 죽은 사형의 이름을 설마하니 이런 비 오는 날 우연히 만난 청년에게서 들을 줄은 몰랐기 때문이다.

마음을 안정시켜야 했고, 머리는 차갑게 식혀야 했으며, 무수히 많은 생각들을 해야 했다. 아무런 계획도 없이 중원에 나온 게 아니기 때문이다.

지금껏 편히 말하고 별생각 없이 움직이는 것 같았지만, 그 모든 행동은 중원에 나온 목적을 이루는 데 초점이 맞춰져 있었다.

무적명의 소재를 알아내는 것과 사문인 장백파의 슬픔을 달래는 것이었다.

뚝! 뚝!

나뭇잎 사이로 물방울이 떨어져 내렸다. 해질 무렵 서서히 가늘어지던 비가 완전히 그치고 구름이 개이자 하늘에 별들이 보이기 시작했다.

슉!

자리에서 일어선 장권호는 무너진 집 주변으로 가더니 조
각난 나무들을 가지고 불을 피웠다. 물에 젖은 나무들이었지
만 양기(陽氣)를 일으켜 말린 후 불을 피우고 그 주변에 젖은
나무들과 옷가지를 널어 펼쳐 말렸다.

반 시진 정도 그렇게 불을 피우자 주변 공기가 따뜻하게
데워졌다. 장권호는 조금 넓은 나무판자를 하나 옆에 놓더니
양기로 습기를 몰아낸 후 그 위에 누웠다.

"어이!"

멀리서 큰 목소리가 들리더니 곧 숲속에서 어둠을 헤치고
양초랑이 나타났다. 그는 여전히 봉두난발에 허름한 옷차림
이었으나 표정은 낮에 비해 훨씬 안정돼 보였다.

"안 가고 있었군."

양초랑은 반짝이는 시선으로 누워 있는 장권호를 한 번 보
더니 양손으로 들고 있던 감자들을 바닥에 내려놓았다.

"도둑질한 것인가?"

"남의 물건이 아니라 가다가 있기에 가져왔을 뿐이야."

양초랑은 대수롭지 않게 말하며 흙에 젖은 감자들을 타고
있는 장작더미 아래에 던져 넣었다.

"어차피 오늘은 밤도 늦었고, 야밤에 싸우는 건 눈이 피곤
해져서 내키지 않아."

"그래서?"

"해가 뜨면 싸우자고. 배도 채워야지."

양초랑은 흰 이를 드러내며 말한 후 장권호처럼 넓은 나무 판자를 찾아 두리번거리다 적당한 것을 발견한 듯 몸을 움직였다. 그 행동에 장권호는 슬쩍 미소를 보이며 말했다.

"스승님은 어떻게 돌아가셨나?"

"아까 말했잖아."

장권호의 물음에 양초랑은 조금 날카로운 반응을 보이며 곧 판자를 세워놓고 내력을 일으켜 말리기 시작했다.

"네놈의 사형과 대결 후 돌아가셨다고 말이야."

장권호는 그 말에 더 이상 입을 열지 않은 채 눈을 감았다. 그러자 판자를 이리저리 돌리며 말리던 양초랑이 물었다.

"사형이라고 했지? 그런데 죽었다고?"

양초랑의 물음에 장권호가 슬쩍 눈을 떴다.

"그래."

"그래서 네가 온 모양이군……. 복수를 하려고 말이야."

"후후……."

장권호는 복수라는 말에 희미한 미소를 입가에 걸었다. 맞는 말이기도 했지만 틀린 말이기도 했기 때문이다.

"자자. 자자고."

나무판자가 어느 정도 마르자 양초랑은 귀찮다는 듯 바닥에 내려놓고 그 위에 몸을 뉘였다.

"재미있는 놈이야, 네놈은……."

양초랑은 중얼거리며 눈을 감았다.

잠을 자는 동안 둘은 긴장할 만도 했으나 크게 상대를 경계하는 모습은 없었다. 편한 자세였다.

분명 저녁 무렵에는 서로의 목숨을 취하기 위해 싸운 상대들이었다. 그런 상대가 눈앞에 누워 있었다. 경계심도 풀린 상태니 암습을 한다면 절반의 성공은 분명 거둘 수 있을 것이다. 하지만 둘 다 움직이지 않았다.

양초랑은 장권호가 자신을 경계하지 않는다고 생각했다. 그렇지 않다면 저렇게 적을 눈앞에 두고 편히 잘 수 없다고 여겼다. 무공에 대한 자신감 때문일까? 장권호는 분명 자신감에 가득 차 있는 인물이었다. 기습을 당하더라도 문제없이 대응할 수 있을 것이라 생각하고 있는지도 몰랐다.

그렇기 때문에 그가 자신을 공격하지 않을 것이란 사실을 알았다. 또 다른 이유도 있는데, 낮에 싸웠을 때 장권호는 분명 승기를 잡았음에도 자신을 배려해주었다는 점이다. 공평한 입장에서 승부를 하자는 그의 승부욕이 문득 과거 자신이 처음 강호에 나왔을 때의 마음가짐과 같아 보였다.

지금 생각하기에도 그때는 정말 순수했다. 그러나 그런 순수한 마음으로 살아가기엔 이 강호가 너무 썩어 있었다. 썩은 강호에 몸을 담고 있다 보니 그때의 순수한 마음은 온데간데없이 잃어버리고 말았다.

그것을 잘 아는 양초랑이었기에 장권호의 순수한 모습이

우습다는 생각도 하였다. 자신을 경계하지 않는 그의 모습에서 자신감과 동시에 이질감도 느껴졌다. 그 이질감은 자신이 잃어버린 순수를 가지고 있는 장권호에 대한 동경인지도 몰랐다.

그게 아니라 정말 마음 편히 잠든 것이라면 상대는 바보가 분명했다. 자신이라면 눈앞에 있는 적을 절대 이렇게 가만히 두지 않을 것이기 때문이다.

슬쩍 손을 움직여 옆에 놓아둔 도의 손잡이를 잡으려 했다. 하지만 그 순간, 감고 있는 장권호의 눈동자가 눈꺼풀 안에서 움직인 것처럼 느껴졌다.

"흠……."

스윽!

장권호가 신형을 뒤로 돌리며 양초랑의 눈에 등을 보였다.

"……."

양초랑은 잠시 망설이다 곧 도를 잡으려던 손을 당겨 몸에 붙였다. 그러자 왜 그런지 모르게 마음이 아주 편안해졌다. 좀 전까지 자신이 느끼던 긴장감과 무거운 공기가 마치 순풍에 쓸려간 듯 사라진 것을 깨달았다.

양초랑은 낮에 장권호가 보인 모습을 그림 그리듯 머릿속에 떠올렸다. 장권호가 펼친 도법의 변화와 움직임을 머릿속에 잡아두기 위함이다. 그렇게 밤을 보내고 있었다.

　　　　*　　　*　　　*

　쾅! 쾅!

　폭약이라도 터뜨린 듯 대지를 뒤흔든 폭발은 숲을 붉게 물들이고 수십 그루의 나무를 쓰러뜨릴 정도로 강력했다.

　"쫓아라!"

　높이 솟은 나무가 우거진 숲속에서 수십 개의 검은 그림자들이 크게 외치며 나무 사이를 달리고 있었으며, 그들이 향하는 방향 저 멀리에 산등성이를 넘어가는 두 개의 그림자가 있었다.

　"여기는 어디인가요?"

　면사녀의 목소리에 앞서 달리던 묵손은 빠르게 말했다.

　"태행산입니다. 이곳만 지나면 황하니 크게 걱정하지 마십시오. 거기다 이런 일을 대비해서 미리 전서를 보내놨습니다."

　"태행산이라……."

　묵손은 면사녀가 행여나 지칠까 걱정스러운 듯 말했다.

　"힘들더라도 조금 참으십시오."

　"예, 알겠어요."

　면사녀는 그 말에 고개를 끄덕이며 다리에 힘을 주었다. 그녀의 속력이 묵손에 미치지 못했지만 묵손은 일부러 그녀와 보폭을 맞추어주었다. 중요한 것은 자신의 목숨이 아니라

면사녀의 목숨이었기 때문이다.

쉬쉭!

"숙이십시오."

묵손이 뒤에서 들려오는 바람 소리에 재빨리 면사녀의 등을 밀며 신형을 돌렸다. 순간 섭선이 빠르게 펼쳐지면서 코앞까지 날아온 두 개의 비수를 쳐냈다.

따당!

금속음을 내며 비수가 땅에 떨어졌고 잠시지만 묵손의 신형이 멈춰졌다. 비수에 실린 강한 경력이 아주 잠시지만 묵손의 발을 묶는 데 성공한 것이다.

"하하하하!"

묵손이 잠깐 멈춘 사이 갈포를 입은 중년인이 호탕한 웃음소리를 내며 나무 사이에서 바람처럼 뛰쳐나와 모습을 드러냈다. 묵손은 갈포에 그려진 뱀 문양에 안색을 바꾸더니 다급히 외쳤다.

"달리십시오."

묵손의 외침에 면사녀는 다리에 더욱 힘을 주었다. 하지만 내력이 낮아서 그런지 그 속도는 눈에 띌 만큼 빨라지지 않았다. 묵손은 그런 면사녀의 뒤에 바짝 붙어 뒤를 경계하며 달렸다.

"장소입니다."

"혈랑조(血狼爪)."

면사녀는 뒤에 바짝 따라 붙은 인물이 장소라는 사실에 안색을 바꾸었다. 강북 제일의 사파라 불리는 귀문에서도 열 손가락 안에 드는 절정의 고수였기 때문이다. 사파 타도를 외치는 풍운회와 사파 중에서도 강북제일이라 불리는 귀문은 당연히 적대적인 사이였다.

풍운회의 사람들이 가장 피하고 싶은 인물들이 있다면 귀문의 고수들일 것이다. 그 중에서도 열 손가락 안에 드는 고수가 뒤에 붙었으니 당연히 긴장될 수밖에 없었다.

"묵손! 꽁지가 빠지게 도망가는 모습이 못 봐주겠구나!"

뒤에서 장소의 큰 목소리가 울리자 묵손은 미간을 찌푸렸다. 자신의 자존심에 흠집을 내는 말을 했기 때문이다. 물론 그것이 격장지계라는 것을 모르는 바가 아니었고 그런 말에 넘어갈 묵손도 아니었다.

쉭쉭!

면사녀는 땀에 젖은 얼굴로 숲을 헤쳐 나가다 넓은 공터에 다다르자 걸음을 멈추었다. 그 뒤를 따라 숲을 나온 묵손 역시 안색을 굳히며 걸음을 멈추었다.

스릉! 스릉!

오십여 명의 갈포인들이 공터의 주변을 둘러싼 뒤 일제히 도를 꺼내들며 묵손과 면사녀를 겨누었다.

묵손과 면사녀는 공터로 토끼몰이를 당했다는 사실을 깨달았다.

"하하하!"

큰 웃음소리를 내며 장소가 나무 사이에서 날아오르더니
곧 묵손의 오 장 뒤에 내려섰다. 그 뒤로 금세 이십여 명의
갈포인들이 숲길을 막으며 늘어섰다. 그들 역시 손에는 은빛
유엽도를 들고 있었다.

"제길……."

묵손의 안색이 바뀌었다. 이 많은 적을 상대로 면사녀를
지킬 자신이 없었기 때문이다. 혼자라면 어떻게 해서든 빠져
나갈 수 있을 거라 여겼으나 이들 두 명을 감당하기도 어려
워할 면사녀를 지키면서 빠져나가기는 불가능할 듯 보였다.

장소는 뒷짐을 지더니 천천히 걸음을 옮겨 공터 바깥쪽으
로 멀리 돌아 묵손의 앞에서 신형을 멈추었다. 불과 십 장 정
도의 거리를 두고 선 장소는 묵손의 손을 주시하다 곧 옆에
땀에 젖은 얼굴을 하고 있는 면사녀를 쳐다보곤 눈웃음을 그
렸다.

"묵손."

"장소 아닌가? 이런…… 몰라보게 늙었군그래."

묵손은 애써 태연한 표정으로 여유 있게 웃음을 머금은 얼
굴로 말했다. 그러자 장소의 미간이 살짝 찌푸려졌다. 묵손
과 과거에 한 번 만났을 때 크게 낭패를 당한 기억이 떠올랐
다. 그러자 살기가 머리로 강하게 치솟았다. 그러나 묵손의
태도가 격장지계임을 이미 알고 있기에 살기를 겉으로 드러

내지는 않았다.

장소는 묵손처럼 표정을 바꾸더니 여유 있는 목소리로 말했다.

"오늘 네놈과의 지난 은원을 정리하기로 하지. 그리고 옆에 있는 조 소저에게도 볼일이 좀 있소이다."

"저 말인가요?"

"조 소저가 확실하군."

장소는 자신의 물음에 반응하는 면사녀의 목소리에 고개를 끄덕였다. 묵손은 '아차!' 하는 생각에 면사녀를 쳐다보았으나 이미 장소의 유도심문에 넘어간 뒤였다.

"오라비가 풍운회주라 좀 피곤하겠소, 조선약 소저. 그런데 말이오, 조 소저를 데려오라는 우리 문주님의 명령이 있었소이다. 그러니 편안한 마음으로 같이 가주길 바라오."

"미쳤군요."

조선약의 차가운 목소리에 장소는 당연히 그럴 줄 알았다는 듯 다시 말했다.

"내게 조 소저를 데려오라 하면서 특별히 간섭할 생각도 없다 하였소. 그러니 조 소저가 얌전하면 얌전한 대로 편히 모실 것이고, 반항하면 반항하는 만큼 값을 치르게 할 생각이오. 남자가 여자를 보면 당연히 하고 싶은 게 안아보는 것이 아니오? 이 싸움에서 살아남은 놈들에게 조 소저를 넘겨줄 것이오. 후후……."

장소의 협박에 조선약은 살짝 어깨를 떨었고 묵손의 안색이 어둡게 변하였다. 그리고 이 싸움에서 목숨을 걸어야 한다는 생각을 하였다.

"쳐라! 묵손은 죽여도 된다. 하지만 저 계집은 손끝 하나 다치지 않게 잡아라!"

휘휙! 휙!

장소의 큰 목소리에 수십 인의 갈포인들이 하늘을 뒤덮으며 묵손을 덮쳐갔다. 장소는 눈을 반짝이며 먹이를 노리는 늑대처럼 천천히 조선약에게 다가가기 시작했다.

빡!

정확하게 갈포인의 이마를 찍은 섭선은 재빠르게 회전하며 묵손의 옆으로 다가오는 갈포인의 도신을 타고 올라가 옆구리를 파고들었다.

퍽!

"크아악!"

섭선에 옆구리를 찔린 갈포인이 외마디 비명을 지르고 비틀거리며 뒤로 물러섰다. 물러서는 갈포인의 머리를 넘으며 세 명, 그리고 좌우에서 각각 세 명씩, 총 아홉 명의 도객이 구방을 점하며 약간의 시간차를 두고 날아들자 묵손은 사나운 기운을 전신에서 뿜어내며 섭선을 좌우로 펼쳤다.

쿠아아아!

강력한 회오리바람이 사방으로 뻗어나가자 날아들던 아홉 명의 갈포인들이 일제히 비틀거리며 물러섰다. 그 순간, 묵손의 섭선이 수십 번이나 움직여 그들의 전신을 스치고 지나 쳤다.

퍼퍼퍽!

"크악!"

한순간에 아홉 명이나 되는 도객들이 비명을 지르며 쓰러 지자 모두가 저도 모르게 공격을 잠시 멈추고 매우 놀란 시 선으로 묵손을 쳐다보며 주춤거렸다.

"음……."

묵손은 살짝 미간을 찌푸리며 주변을 둘러싼 갈포인들을 바라보았다. 그들의 눈에 서린 두려움으로 미루어 기세의 우 위를 점했음을 알았다. 하지만 한순간에 내력이 바닥나 추스 를 시간이 필요해졌다. 선풍난무(颶風亂舞)는 뛰어난 위력만 큼이나 내력을 많이 소진시키는 위험한 절초였다.

"과연 묵손이로구나."

짝! 짝! 짝!

박수를 치며 고개를 끄덕인 장소가 양손에 날카로운 쇠장 갑을 끼고 한 걸음 나섰다. 본래는 은색의 철조(鐵爪)였으나 피를 많이 먹었는지 늑대의 송곳니처럼 날카롭게 튀어나와 있는 손톱 부분이 검붉은 색을 띠고 있었다.

장소의 무기인 철조는 생긴 것답게 혈랑조라는 이름을 가지고 있으며, 그래서 사람들이 장소에게 혈랑조(血狼爪)라는 별호를 붙여주었다.

조선약을 노리던 장소는 직접 묵손과 겨루기로 마음먹었다. 그렇게 해야 수하들이 복날 개처럼 죽어나가는 일을 어느 정도 막을 수 있기 때문이다.

쉭!

장소의 신형이 바람처럼 묵손에게 다가갔다. 묵손은 장소가 다가오자 굳은 표정으로 신형을 움직였다.

타탁!

장소의 양손과 섭선이 강하게 부딪혔다.

땅!

가슴을 베던 철조와 그것을 막으려던 섭선이 마주치자 금속음과 함께 불똥이 튀었다. 그것을 시작으로 둘의 신형이 엉켜들었다.

따다다당!

끊임없이 이어지는 요란한 금속음과 불똥은 잠시지만 갈포인들의 움직임을 둔화시켰다. 눈을 어지럽히는 둘의 접전이 잠시 시선을 빼앗은 것이다. 그러나 모든 갈포인이 시선을 빼앗긴 것은 아니었다.

둘의 접전을 옆에서 지켜보고 있던 조선약은 어느새 자신을 포위한 다섯 명의 갈포인들을 쳐다보았다. 잠시 주의력을 잃은 사이에 다가온 그들은 다행히 자신을 바라만 보고 있었다. 조선약은 저항할 의사가 없다는 의미로 검을 늘어뜨리고 섣불리 움직이지 않았다.

조금이라도 움직였다가는 이들의 검에 제압될 것이 분명하고, 그리되면 힘든 싸움을 하고 있는 묵손에게 짐이 될 것이다. 비록 포위를 당하기는 했으나 그녀의 눈빛은 포기의 기색 없이 강렬하게 빛났다.

땅!

금속음을 내며 섭선을 튕겨낸 장소의 철조가 묵손의 허리를 찔러갔다. 그 날카로운 손톱에 묵손은 반원을 그리며 옆으로 피했다. 순간 장소의 손이 묵손이 피한 방향으로 꺾이면서 섭선을 잡았다.

탁!

섭선을 잡힌 묵손은 안색이 변하였다. 눈앞에서 검붉은 빛이 번뜩이자 재빠르게 장소의 손을 떨쳐내며 몸을 비틀어 옆으로 피했다.

팟!

철조는 아쉽게도 허공을 스쳤고, 묵손의 신형이 뒤로 밀려나가자 장소는 입맛을 다시며 아쉬운 듯 자신의 혈랑조를 쳐다보았다. 이번에야말로 묵손의 몸통에 손톱을 박아 넣을 수 있을 것이라 자신했는데, 혈랑조는 옷깃을 찢은 정도 불과했고 아직 피부에 상처를 내지는 못했다.

하지만 묵손의 안색이 점점 굳어가는 것을 보자 장소는 더욱 자신감이 붙었다.

파팟!

장소는 번개처럼 묵손을 향해 다가갔다. 근접전이야말로 자신의 장기였다. 자신의 실력을 모두 발휘할 수 있는 간격은 불과 상대와 일보 이내의 간격이었다. 혈랑조를 휘두르는 족족 상대의 몸에 박힐 만큼 좁은 간격이야말로 필승의 간격이었다.

따당!

가볍게 손을 쳐내며 물러서던 묵손은 난감한 표정이었다. 장소를 상대하기 껄끄러운 이유는 바로 혈랑조 때문인데, 문제는 그 혈랑조가 장갑처럼 자신의 섭선을 막기도 하고 잡기도 하면서 동시에 찌르기까지 가능하다는 점이었다. 공격과 수비를 동시에 해내는 쇠장갑의 움직임은 전에 만났을 때보다 그 수준이 크게 높아져 있었다.

쉬쉭!

좌우에서 바람처럼 날아드는 혈랑조의 공격을 피한 묵손은 자세를 낮추며 섭선을 펼쳐 장소의 가슴을 찔렀다.

휙!

순식간에 찔러오는 그 모습에서 묵손이 공세로 전환하려 한다는 의도를 읽은 장소는 기다렸다는 듯이 섭선을 잡기 위해 왼손을 뻗으며 앞으로 반걸음 더 나아가 그의 겨드랑이를 향해 오른손을 찔러 넣었다. 장소가 두추월랑(頭抽月狼)이라 불리는 잔인한 초식을 펼치자 안색이 급변한 묵손은 뒷발을 축으로 삼아 거세게 회전하며 장소의 두 손을 떨쳐냈다.

쉬아아악!

강한 바람에 놀라 안색을 바꾼 장소는 어쩔 수 없이 섭선을 잡으려던 손을 놓으며 뒤로 물러서야 했다. 그 틈에 섭선으로 바람을 일으키며 회전하던 묵손이 장소를 향해 뛰쳐나갔다.

후웅!

뒤로 물러서던 장소는 어느새 자신의 상의가 걸레조각처럼 찢겨 회오리 같은 바람에 휩쓸려 날아간 것을 알았다. 묵손이 회전하며 자신의 옷을 섭선으로 찢어놓은 것이 분명했다.

장소는 혈랑조를 눈앞에 세우며 강한 호신강기를 만들었다.

파파팟!

전신을 스치는 바람이 마치 무거운 바위가 누르는 것처럼 느껴졌다. 바람의 압력을 버텨내다 바람을 가르는 쉭 소리를 내며 묵손의 신형이 날아들자 재빠르게 그의 머리를 잡아갔다.

쉭쉭!

혈랑조의 열 손톱이 묵손의 머리를 잡기 위해 허공을 휘저었으나, 묵손은 그 사이를 미끄러지듯 파고들었다.

"악!"

순간, 조선약의 외마디 비명에 묵손이 깜짝 놀라 잠시 주춤거렸다. 그 찰나의 순간을 놓치지 않고 장소는 신형을 틀어 비장격타(悲壯擊打)의 초식으로 묵손의 왼 가슴을 때려갔다.

"……!"

묵손은 조선약의 안위를 살피다 장소의 손이 어느새 가슴에 닿자 크게 놀라 몸을 틀었다. 묵손이 자신의 손을 피하자 장소는 재빨리 혈랑조를 곧게 펴서 그의 가슴을 훑었다.

"크윽!"

묵손의 가슴에 네 개의 굵은 혈선이 그려지더니 이내 피가 배어나오기 시작했다.

"으음……."

묵손은 비틀거리며 가슴을 부여잡았다. 그런 절체절명의 위기임에도 그의 시선은 다시금 조선약에게 향했다. 조선약을 끈으로 묶으려는 갈포인들이 눈에 들어오자 묵손은 입술을 깨물며 섭선을 날렸다.

슈아아악!

섭선이 날아가는 방향을 보고 놀란 장소가 외쳤다.

"피햇!"

장소의 외침에 고개를 돌리던 갈포인들의 눈앞에 거대한 륜이 나타났다.

퍼퍼퍽!

"……!"

장소는 입술을 깨물며 순식간에 갈포인들의 머리를 자르고 지나간 묵손의 섭선에 시선을 던졌다. 곧 섭선이 바닥에 힘없이 떨어지자 장소는 다시 묵손에게 신형을 돌렸다.

"묵손."

그의 입술이 미묘하게 떨렸다. 조금 전에 묵손이 섭선을 던진 수는 실로 가공하여 자신이라도 받아내지 못했을 것이라는 생각이 들었다.

묵손은 섭선을 날리는 데 남은 힘을 모두 소진하고 힘없이 비틀거리다 바닥에 주저앉았다.

"아저씨!"

조선약이 그 모습에 놀라 뛰어왔다. 그녀는 묵손의 옆에 앉아 그를 부축하며 어깨를 떨었다. 묵손의 상처가 심상치 않았기 때문이다. 그의 가슴에 난 상처에서부터 번져가는 푸른빛과 짙게 풍겨오는 역한 냄새가 독(毒)에 중독된 것임을 말해주었다. 조선약은 재빨리 자신의 소매를 찢어 묵손의 가슴을 감싸더니 혈도를 눌러 더 이상 독이 퍼져나가지 못하도록 혈행을 막았다. 하지만 상처 부위가 심장과 가까워 이대로 두면 한 시진 안에 죽을 게 분명해 보였다.

"아가씨…… 운이 없는 하루였습니다."

묵손은 희미하게 웃으며 말했다. 그 말에 조선약은 고개를 저었다.

"조금만 참으세요. 제가 모시고 갈 테니까. 풍운회에 들어가면 홍 선생이 치료해줄 거예요."

"걱정 마십시오. 죽지 않을 테니……. 단지 좀…… 피곤할 뿐입니다."

묵손의 말을 들은 조선약은 옆에 떨어져 있는 유엽도에 시선을 던졌다. 그 순간 그녀의 눈이 밝은 광채를 발하기 시작했다.

"독을 발라놓았다는 말을 내가 안 한 모양이야……. 이거, 미안해서 어쩌지?"

장소는 마치 깜빡 잊어버렸다는 표정으로 혈랑조를 이리 저리 돌리며 약 올리듯 말했다. 그 모습에 조선약은 다시 한 번 어깨를 떨었다. 당황하고 놀라서 떤 아까와는 달리, 이번 에는 분노 때문이었다. 잠시 장소를 노려보던 그녀는 무언가 를 결심한 듯 유엽도의 손잡이를 잡았다.

"걱정 마세요."

그녀는 그렇게 말한 후 묵손의 천돌혈을 살짝 눌렀다. 묵 손이 순식간에 정신을 잃자 조선약은 도를 들고 자리에서 일 어섰다.

'오라버니가 무공을 보이지 말라 했거늘…….'

조선약은 자신의 무공을 남에게 보이지 말라는 오라버니 의 당부를 어길 수밖에 없는 상황이라고 여겼다. 그때, 그녀 의 눈에 저 멀리서 무언가가 날아오는 것이 보였다.

피이잉!

퍼퍼퍽!

"크아악!"

거대한 무언가가 나무 사이를 뚫고 날아오더니 순식간에 세 명의 갈포인들의 배를 뚫었다.

퍽!

바닥에 쓰러진 그들은 마치 꼬치처럼 창대에 꽂혀 있었고, 그 모습에 일순 소음이 사라지고 고요가 찾아왔다.

"누구냐!"

장소가 놀라 신형을 돌리자 순식간에 수많은 청의무인들이 나타나기 시작했다. 숲을 가득 메우기라도 하려는 듯, 그들의 수는 점점 늘어나기만 했다.

"묵 호법님과 아가씨를 구해라!"

거대한 외침이 울리자 수많은 청의무인들이 삽시간에 갈포인들을 몰아치기 시작했고, 수하들이 하나둘씩 비명을 지르며 쓰러지자 장소는 안색을 바꾸며 뒤로 물러섰다. 그런 그의 눈이 아쉬운 듯 조선약과 묵손을 쳐다보았으나 이대로 조선약을 납치했다가는 얼마 가지 못해 따라잡히겠다는 생각이 들었다.

"장소!"

슈아아악!

노호한 외침과 함께 이십 대 중반의 백포무인이 거대한 대감도를 쳐들고 장소를 향해 날아들었다. 그 모습에 장소의 안색이 급변하였다.

"참마도(斬魔刀)!"

장소는 놀라 외치고는 삽시간에 다가온 대감도를 피하지 못해 양손을 들어 막았다.

쾅!

"크으윽!"

강렬한 폭음을 일으키며 뒤로 밀려나간 장소는 팔이 떨어질 것 같은 충격에 한순간 정신이 혼미해지는 것을 느끼곤 재빠르게 신형을 돌렸다.

파팟!

그의 신형이 숲속으로 바람처럼 사라지자 백의청년은 더 이상 장소를 쫓지 않고 묵손에게 달려가 상태를 살폈다.

"크아악!"

누군가의 비명이 들린 직후, 조금 큰 키에 흑색 무복을 걸친 이석옥이 나타났다. 그녀는 등에 창을 메고 서 있었는데, 세 명의 갈포인들을 꼬치로 만든 창이 바로 그녀의 것이었다.

"어때?"

이석옥의 물음에 백의청년은 품에서 내상약을 꺼내 묵손에게 먹이고 재빨리 격타전공의 수법으로 묵손의 몸 여기저기를 타혈하여 자신의 내공을 흘려 넣어주더니 곧 그를 업었다.

"최대한 빨리 황하를 건넌다."

그의 말에 모두들 고개를 끄덕였다.

"미안······. 나 때문에."

"괜찮아. 회주님이 기다리셔. 어서 가자."

이석옥의 말에 조선약은 힘없는 표정으로 고개를 끄덕이며 사람들의 뒤를 따라 이동하였다.

제7장

인연이 되어

　매일 반복되는 수련 속에서도 간혹 자유로운 날이 있었는데, 그건 친구들이 왔을 때였다. 백옥궁에서 가내하가 오거나 대정문에서 정영이 오면 스승님은 수련을 제쳐두고 놀게 해주었다. 그래서 그런지 가끔은 그들이 놀러오기를 기다리기도 했다.

　하루는 그들이 놀러 온다는 소식에 밖에 나가 하루 종일 기다리기도 했다. 하지만 그들은 오지 않았고 그것이 서운하여 밤새 울다 아침에서야 지쳐 잠이 들었다. 그들은 그날 아침에 도착했고, 그날은 내가 자는 바람에 놀지 못하였다. 그게 그렇게 억울하고 분해 그들에게 화풀이를 했었다.

짹짹!

비 때문에 그런지 아침 햇살을 받으며 드러난 초록빛 대지는 투명한 물기를 머금은 채 누군가 봐주기를 기다리고 있었고, 산새들이 첫 손님으로 찾아와 지저귀었다.

"음……."

몸을 뒤척이던 양초랑은 순간 자신이 지금 어디에서 어떻게 자고 있는지 생각났는지 눈을 번쩍 떴다.

"……!"

벌떡!

자리를 박차고 일어선 그는 주변을 둘러보았다. 어젯밤 자신이 잠든 곳을 눈으로 확인한 그는 반대편에서 자고 있던 장권호가 없다는 사실에 안색을 바꾸었다. 어디론가 간 것이 아닐까 하는 의심이 들었지만 그가 자신을 이대로 놔둔 채 사라졌을 리 없다는 생각에 그 의심을 털어냈다.

그에겐 자신과 싸워야 할 이유가 있었다.

"어디 보자……."

양초랑은 눈을 비비며 다 타고 남은 잿더미를 뒤적이다 검게 변해버린 감자를 꺼내 까먹기 시작했다.

저벅! 저벅!

껍질을 까 누렇게 익은 감자를 먹던 양초랑은 발소리와 함께 나타난 장권호를 물끄러미 쳐다보았다. 그의 손에 호로병 하나가 들려 있었기 때문이다. 술인가 싶어 반가운 마음이 들었지만 이어진 장권호의 말은 실망스러웠다.

"물이야."

휙!

장권호가 던져주자 양초랑은 재빠르게 받아 쥐곤 물을 마셨다. 맞은편에 앉은 장권호는 양초랑처럼 재를 뒤져 감자를 하나 꺼내 까먹었다. 뜨겁지 않게 살짝 식었기에 먹는 데 불편함이 없었다.

"누군가와 이렇게 아침을 함께하는 것은 정말 오랜만인 것 같아."

가만히 중얼거리다 남은 감자를 마저 입에 넣은 양초랑은 장권호를 슬쩍 본 후 손을 털었다.

"다 먹었으니 시작해야지?"

양초랑의 물음에 장권호는 미소를 보인 후 자리에서 일어섰다. 그의 손에 들린 검은 묵도가 빛을 발하기 시작했다. 햇살을 반사하는 묵빛은 백색 섬광보다 오히려 더욱 한기를 머금은 것처럼 보였다. 문득 양초랑은 그 도가 탐이 나기 시작했다.

무인이라면 좋은 무기에 욕심을 내기 마련이다. 양초랑 역시 당연하게도 좋은 무기에 욕심이 있었다.

"도가 참 특이하군."

"흑철이라고 불리는 것인데 강도가 강하지."

휙!

가볍게 옆으로 휘두르자 강한 도풍이 일어났다. 그 바람에 머리카락이 휘날리자 양초랑은 입가에 미소를 보이며 양손에 도를 움켜잡았다.

"네 목을 딴 이후에 그 도는 내가 챙기도록 하지."

"마음대로."

장권호는 고개를 끄덕였다. 자신이 죽은 이후 무기가 어떻게 되든 크게 신경 쓰지 않는 것 같았다.

쉭!

양초랑의 신형이 바람처럼 장권호의 시선 속으로 파고들어왔다. 쾌속하게 간격을 좁혀오는 그 모습에 놀랄 만도 했지만 장권호는 반보 앞으로 나서며 묵도를 허공에 찔렀다.

핑!

순간 묵도가 날카로운 바람 소리를 내며 쏘아진 화살처럼 양초랑의 눈앞에 나타났다. 그 강력한 기운에 양초랑은 어제의 기억을 떠올리며 쌍도를 교차시켰다.

땅!

"큭!"

생각 이상으로 강력한 충격이 밀려왔다. 위력은 익히 예상하고 있었다. 하지만 충격이 예상을 넘었을 뿐, 막은 것 자체는 의도한 대로 되었다.

휙!

충격으로 상체가 뒤로 휘어지자 뒷발을 축으로 몸을 회전하며 장권호의 허리를 베어갔다.

파팟!

양초랑의 도가 거리를 좁히며 허리를 잘라오자 장권호는 도신을 옆으로 들어 허리를 막았다.

땅!

충격이 도신을 타고 손목으로 올라왔다. 순간 또 하나의 도기가 반대쪽에서 날아들었다. 장권호는 안색을 바꾸며 눈동자를 반짝였다.

땅!

반대쪽 역시 같은 방법으로 단순하게 막았다. 그 직후, 눈앞에 십여 개의 도 그림자가 마치 폭포수처럼 쏟아져 들어왔다.

장권호는 몸을 비스듬히 옆으로 기울이더니 앞발을 축으로 하여 상체만 움직이며 피하기 시작했다. 불과 반보 정도의 거리에서 최소한의 움직임만으로 십여 개의 도날을 아주 간단히 피하더니 그 뒤로 몰아쳐온 수십 개의 도날도 피하기 시작했다.

쉬쉬쉭!

머리와 어깨 목을 스치듯 지나치는 도날의 그림자가 마치 환상처럼 펼쳐졌고 장권호의 신형 역시 그 속도에 맞추어 수십 개로 늘어나 있었다. 하지만 앞발만큼은 전혀 움직임이 없었다.

'망할 새끼가…… 마치 유령 같구나.'

양초랑은 장권호가 자신의 광풍난무를 손쉽게 피하자 매우 놀라고 있었다. 지금까지 자신의 도초를 이렇게 쉽게 피하는 인물은 못 보았기 때문이다.

무엇보다 놀란 점은 장권호의 신형이 도날에 거의 스치듯 미세하게 움직인다는 점이었다. 멀리서 본다면 그저 장권호를 앞에 세워놓고 양초랑 혼자서 미친 듯이 춤을 추고 있는 모습으로 보일 것이다.

쉭쉭!

단 한 호흡에 이루어진 수십 개의 도초들을 피하던 장권호의 눈에 몇 가닥 잘린 머리카락들이 보였다. 어제와는 다르게 강한 기세가 도에 담겨 있음을 읽었지만 여전히 옷깃조차 스치지 못하게 피하였다. 그저 머리카락 몇 가닥이 잘린 게 양초랑에게 받은 피해의 전부였다.

장권호가 펼치고 있는 무공은 장백파의 삼공 중 가장 기본이면서도 어떤 이는 평생 동안 수련하는 단공(短功)이었다. 장백단공이라 불리는 이 무공은 몸의 움직임을 최소한으로 하는 무공이었다. 지금 펼치는 보법은 단보(短步)라는 것이었고, 도법 역시 삼단도(參短刀)였다.

보기에는 단순하게 피하고 단순하게 도법을 펼치는 것 같지만 단공을 수련하기 위해 기본 적으로 익히는 무공만 다섯 가지나 되었다. 이 다섯 가지의 기본무공을 모두 익혀야 단공을 수련하고 그 정수를 깨우칠 수 있다.

핏!

섬광처럼 귓불을 스치는 도날의 날카로움에 장권호는 살짝 눈을 반짝였다. 양초랑의 맹공에 귓불에 상처가 날 뻔했지만 묵묵히 감내하고 피하기만 할 뿐 반격은 하지 않았다. 반격할 틈이 없기도 했거니와 기도가 여전히 거세게 밀려오고 있기 때문이었다.

하지만 그것도 잠시면 끝날 거란 걸 장권호는 알고 있었다. 그것은 호흡 때문이다. 이 정도로 초식을 끊임없이 펼치려면 한 호흡에 모두 담아내야 한다. 사람이 숨을 참은 채 격렬하게 움직이는 데는 한계가 있으니 양초랑의 공세가 끝날 때도 머지않은 것이다.

그 증거로 이내 양초랑의 안색이 변하였다.

"읍!"

순간 양초랑은 길게 숨을 마시며 장권호의 정수리를 우도로 찍었다. 장권호는 그게 초식의 마지막이란 생각에 가볍게 묵도를 들어 막았다.

땅!

강한 금속음이 울렸고 양초랑의 도는 더 이상 내려가지 못하였다. 장권호는 그 틈을 노려 왼손을 들었다.

"이얍!"

그 찰나, 기합성과 동시에 양초랑의 좌도가 허리를 잘라왔다. 마치 자신의 우도를 장권호가 막아주길 바랐다는 것처럼 그의 좌도는 지금까지와는 다르게 강력한 기운을 머금고 있었다. 스치기만 해도 허리가 잘릴 듯했다.

"홋!"

장권호의 입가에 미소가 걸렸으며 그의 눈동자가 반짝거렸다. 거우 빈 호흡으로 자신의 잠력을 폭빌시킨 양초랑의 도세 때문이었다.

장권호는 곧 묵도를 잡은 오른 손목을 위로 튕겼다.

퉁!

"……!"

허리를 잘라가던 양초랑은 눈을 부릅뜨며 멀어지는 장권호의 모습을 눈에 담았다. 오른손에 강력한 충격이 밀려오며 그의 몸을 뒤로 날려 보냈기 때문이다.

휘리릭!

공중에서 몸을 회전한 양초랑은 바닥에 내려오자마자 도를 교차하며 장권호를 노려보았다.

'뭐지?'

양초랑은 자기 스스로 의문을 표하며 좀 전에 일어난 일을 떠올렸다. 자신의 우도는 분명 장권호의 도를 누르고 있었다. 또한 좌도는 분명히 장권호의 허리를 잘라갔다.

장권호에게서는 어떠한 변화도 없었고 어떠한 움직임도 없어 보였다. 그런데 오른손으로 밀려오는 강력한 충격을 이

기지 못해 도세가 흩어지고 오히려 뒤로 날아가는 우스꽝스
러운 일이 발생했다. 그리고 오른 어깨가 고통을 호소하기
시작했다.

"도대체……."

양초랑은 가만히 중얼거리며 장권호의 손과 묵도를 쳐다
보았다. 하지만 좀 전에 비해 특별히 변한 모습은 없었다. 그
저 담담한 표정으로 양초랑만 쳐다볼 뿐이었다.

"아픈 모양이군."

장권호의 낮은 목소리에 양초랑은 다시금 강한 투지를 불
태우기 시작했다. 자신을 놀리는 말처럼 들렸기 때문이다.

장권호는 양초랑의 투기가 폭발적으로 강해지자 미미하게
고개를 끄덕였다. 그의 기세가 죽지 않았기 때문이다.

'움직임이 조금 큰 것을 제외하면 좋은 도법이군.'

장권호는 속으로 생각하며 전신으로 내력을 돌렸다. 조금
전에 보인 작은 동작은 그 변화가 찰나의 순간이라 양초랑이
보지 못했을 뿐, 실은 다리부터 팔 끝까지 미미하게 진동하
며 그의 도를 튕겨낸 것이었다.

그것은 장백파의 분쇄공(粉碎功)이었다. 장권호가 그렇게
작은 움직임으로 강력한 파괴력을 낸 이유는 바로 분쇄공을
썼기 때문이다. 분쇄공은 가장 기본적인 장백파의 내가중수
법으로, 겉이 아닌 속을 공격하는 암경(暗勁)이었다.

무당파의 면장이나 소림사의 통배경이 중원에서 가장 이

름 높은 내가중수법인데 장백파의 분쇄공도 그에 못지않았
다.

분쇄공 자체는 독립된 무공이 아니다. 분쇄공은 단순히 몸
속에 축적된 내력을 암경으로 바꿔주는 역할을 하는 하나의
기술이었다.

양초랑은 머리를 한 번 쓸어 올리더니 이내 발에 힘을 주
었다.

"간다."

쉭!

양초랑의 신형이 빠르게 다가오자 장권호는 이제 공격을
시작해야겠다는 생각을 했는지 한 발 나서며 마치 빈 허공을
치듯 도를 휘둘렀다.

파팟!

세 개의 묵빛 도 그림자가 허공중에 삼각형을 그리며 나타
나자 양초랑은 그 사이로 몸을 회전시켜 넣으며 앞으로 뻗어
나갔다. 해일섬도(海溢閃刀)라 불리는 강한 절초였다.

휘리릭!

그의 몸에서 피어나는 경기와 함께 쌍도가 펼치는 화려한
도의 그림자가 덮쳐오자 마치 거대한 파도가 밀려오는 듯한
착각이 일어났다.

장권호는 그 모습에 도를 머리 위로 들더니 마치 파도를

일도양단하겠다는 듯 내리쳤다.

쉬악!

강력한 묵빛이 번쩍이며 파도 속으로 파고들었다.

쾅!

"큭!"

회전하던 양초랑의 신형이 뒤로 밀려나가자 장권호는 망설이지 않고 앞으로 뻗어나가며 도를 들어 목을 찔렀다.

핏!

날카로운 소성을 내며 장권호와 도가 함께 일자로 쭉 늘어났다.

"흡!"

양초랑은 깜짝 놀란 표정으로 숨을 들이 마시며 재빠르게 우측으로 피했다.

파파팟!

양초랑의 신형이 강한 회전을 일으키며 흐릿한 잔상을 남기자 장권호의 묵빛이 그것을 관통했다.

퍽!

잔상을 뚫고 지나친 장권호는 신형을 틀어 양초랑에게 다가가 마치 장작을 패듯 빠르게 내리쳤다.

파파팟!

묵도의 그림자 십여 개가 반경 일 장의 넓은 공간을 가득 메우며 떨어져 내렸다. 양초랑은 매우 놀라 쌍도를 들어 막으며 뒤로 물러섰다.

따다당!

금속음이 요란하게 울렸고, 앞으로 나아가는 장권호와 연신 뒤로 물러서는 양초랑의 모습은 마치 둘이서 길을 걷기라도 하는 듯 보였다. 그렇게 십여 걸음을 나아간 장권호는 좀더 높이 도를 치켜들더니 거세게 내리쳤다. 그의 팔을 티고흐르던 분쇄공의 힘이 도에 전달되니 내리치는 도가 미세하게 빠르게 흔들려 흐릿해 보였다.

땅!

"큭!"

좌도로 막은 양초랑은 저도 모르게 무릎을 살짝 굽혔다. 왼손을 타고 들어온 강력한 충격이 전신으로 퍼져나갔기 때문이다.

쉭!

그 순간 바람처럼 반 바퀴 돌며 장권호의 묵도가 좌측 하단에서 우측 상단으로 큰 원을 그리며 솟구쳤다. 양초랑은 좌도를 들어 막으려다 문득 팔이 안 움직인다는 것을 알고 눈을 크게 떴다.

좀 전의 일합으로 팔이 마비된 것이다. 그만큼 강렬한 충격이었다.

보아하니 이번 일격도 그에 못지않을 듯했다. 피하지 못하면 몸이 두 조각 날 판이었다. 양초랑은 이를 악물고 남아 있는 내력을 모두 우도에 모으며 날아드는 묵도를 내버려두고 장권호의 목을 베어갔다.

쉬악!

그 빠름에 장권호는 안색을 바꾸더니 뒤로 반보 물러났다.

핏!

양초랑의 우도를 피했음에도 강한 도풍으로 인해 장권호의 목에 가느다란 혈선이 그려졌다. 하지만 장권호의 표정은 변화가 없었다. 땀에 젖어 지친 듯 거친 호흡을 하고 있는 양초랑을 잠시 쳐다보던 장권호는 담담히 말했다.

"많이 피곤한 것 같으니 좀 쉬고 다시 하지."

장권호의 말에 양초랑은 눈을 부릅뜨더니 전신을 한 번 떨었다. 그러더니 우도를 높이 치켜들며 소리쳤다.

"웃기는 소리 하지 마! 이제부터 시작이야!"

장권호는 그 말을 무시하며 도를 도집에 넣고는 신형을 돌렸다. 그리곤 빠른 걸음으로 나무 그늘에 들어가 앉더니 다시 말했다.

"기다리지."

양초랑은 어금니를 깨물었다. 하지만 막상 덤비려니 자신이 너무 미련한 곰처럼 느껴졌다. 그렇다고 패배를 인정하자니 자존심이 상했고 그냥 오늘 있었던 일을 없었던 것으로 하자니 그것 또한 마음에 남았다.

이러지도 못하고 저러지도 못하는 상황이었고, 장권호의

행동 자체가 혼란스럽게 다가왔다. 무엇보다 그의 말처럼 자신은 지금 지친 상태였다.

양초랑은 곧 도를 도집에 넣으며 말했다.

"기다려. 거기서 조금도 움직이지 말고 기다리고 있어. 또 올 테니까."

장권호는 양초랑의 말에 고개를 끄덕였다. 그러자 양초랑은 재빠르게 신형을 돌리더니 바람처럼 숲속으로 사라졌다.

양초랑이 나타난 것은 그날 저녁이었다. 저녁에 나타난 양초랑은 모닥불을 피워놓고 앉아 있는 장권호에게 술병을 던져주었다.

"받아."

탁!

술병을 받은 장권호는 곧바로 향을 맡더니 이름 모를 과실주라는 것을 알곤 한 모금 마셨다.

"나만 배를 채우려니 미안하더군."

양초랑은 그렇게 말하며 보자기에 감싸서 가져온 구운 닭 두 마리를 꺼냈다.

"먹어."

양초랑이 권하자 장권호는 술병을 옆에 내려놓고 닭을 뜯어 먹기 시작했다. 그 모습을 보던 양초랑이 비릿하게 웃으며 말했다.

"내가 독을 넣었을지 의심도 안 하나?"

장권호는 그 말에 입에 넣었던 닭고기를 삼키며 말했다.

"웬만한 독으로는 중독시킬 수 없을 거야."

장권호의 가벼운 목소리에 양초랑은 꽤나 놀랍다는 듯 장권호를 쳐다보았다. 그의 자신감 가득한 말은 그의 무공이 자신의 생각 이상으로 상승의 경지에 있다는 것처럼 들렸기 때문이다.

"대단한 자신감이군……. 대단해."

"그리고 독을 넣었다면 냄새부터 달라. 무향(無香)의 독이 아닌 이상에는 말이야."

장권호는 슬쩍 미소를 보이고 닭다리를 잡아 입에 물고는 몇 번 씹더니 삼켰다. 그리곤 술을 한 모금 마신 후 다시 말했다.

"몸은 좀 나아 보이는군."

"낮에 좀 쉬었으니까."

"밤에는 어두워서 잘 안 보이니 아침에 하지."

"그럴 생각이다."

양초랑은 당연하다는 듯 고개를 끄덕이며 술을 마셨다. 그리곤 그도 장권호처럼 닭고기를 먹으며 말했다.

"그런데 아까 그 있지…… 나를 튕겨내었던 무공 말이야."

그렇게 말하며 장권호를 쳐다보자 장권호가 시선을 던졌다. 그러자 양초랑이 조금 부끄러워하는 표정으로 물었다.

"그게 어떤 무공이지?"

본래 상대방의 무공에 대해 자세히 묻는 것은 상당한 실례였다. 무공으로 먹고사는 사람들에게 상대방의 무공을 아는 것과 모르는 것의 차이는 목숨이 오갈 정도로 컸다. 그런 질문을 양초랑이 한 것이다.

"무슨 말이야?"

"그 있잖아, 아까 그!"

답답하다는 듯 일어선 양초랑은 자세를 취하며 우도를 위로 좌도를 밑으로 한 모습을 취했다. 그렇게 잠깐 서 있다가 반대쪽으로 이동해 이번에는 장권호가 머리 위로 자신의 도를 막았을 때의 자세를 취했다.

"이때 나를 튕겨냈잖아. 내가 허리를 벨 때. 그 무공이 뭐냐고."

"그냥 손목만 움직였을 뿐이야."

장권호가 알았다는 듯 고개를 끄덕이며 답하자 양초랑은 어이없다는 듯 장권호를 쳐다보았다. 아무리 힘이 강한 사람이라도 손목만 살짝 움직여 상대방을 튕겨낼 수는 없다. 그런데 장권호는 손목만 움직였다고 했다. 이해가 안 갈 수밖에 없었으나 양초랑은 비밀이라는 생각에 더 이상 묻지 않았다.

"알았다, 알았어⋯⋯. 물은 내가 바보지⋯⋯. 내일 다시 한 번 확인해봐야겠어."

양초랑은 중얼거리더니 곧 바닥에 누웠다.

"먼저 잔다."

양초랑은 말을 한 후 눈을 감았다. 하지만 잠은 오지 않고, 머릿속에선 무수히 많은 자신의 그림자와 낮 내내 눈으로 확인한 장권호의 모습이 떠올라 이리저리 춤을 추고 있었다. 그렇게 날밤을 보내는 양초랑이었다.

다음 날 아침이 되자 새벽부터 눈을 뜬 장권호는 가까운 계곡으로 들어가 몸을 씻었다. 맑은 물소리와 산새들의 울음소리가 어우러져 정겹게만 느껴지는 아침이었다.

장백산에 있을 때도 이러한 아침을 자주 구경했던 장권호였다. 그래서 그런지 오늘따라 유난히 기분이 좋아지는 것을 느꼈다.

"무공이라…… 무공……."

장권호는 어제 양초랑과 벌인 비무를 머릿속에 떠올리며 계곡 옆에 있는 큰 바위 위에 올라가 섰다. 그리곤 천천히 양초랑의 쌍도에서 뿜어져 나오던 기세와 도세를 기억하며 움직이기 시작했다.

상대의 빈틈을 노리고 들어가 망설임 없이 펼치는 광풍난무의 초식은 처음부터 끝까지 한 호흡에 이루어졌으며 총 구십구 번의 변화를 가지고 있었다.

'칼질만 구십구 번이면…… 휴……. 대단하군.'

가만히 입가에 미소를 걸친 장권호는 단순한 칼질 구십구 번이 단 한 호흡 만에 이루어진다는 것에 대단함을 느꼈다.

물론 초식은 단순했지만 구십구 번의 칼질은 처음부터 끝까지 순서가 있었다.

쉬쉭!

양손을 좌우로 움직이며 하체와 상체 역시 조금씩 변화를 주었다. 그렇게 하면서 호흡이 끊기는 것을 방지하려 했다.

그는 분명 양초랑과 다르지만 비슷해 보이는 움직임으로 광풍난무라는 초식을 펼치고 있었으며, 자신의 것으로 흡수하는 것과 동시에 단점을 파악하고 있었다. 만약 양초랑이 아침에 눈을 떠 씻기 위해 계곡으로 왔다면 장권호의 움직임을 보고 크게 놀랐을 것이다.

구십구 번의 칼질을 끝내자 아침 햇살이 떠오르는 게 보였다. 비록 구십구 번의 칼질을 완벽하게 구사할 수 없었고 중간 중간 호흡이 끊기기도 했지만 어느 정도 흐름을 읽을 수는 있었다.

그 정도면 충분하다는 생각이 문득 들었다. 양초랑의 초식을 완벽하게 훔쳐내기 위해 이러고 있는 게 아니기 때문이다.

장권호는 곧 초식을 펼치던 동작을 멈추고 고개를 가만히 저었다.

"어렵군……."

장권호는 중얼거리며 자신의 양손을 펼쳐 보다 곧 해가 떠오른 것을 의식한 듯 양초랑이 있는 곳으로 돌아갔다.

휙! 휙!

쌍도를 휘두르며 이리저리 몸을 움직이는 양초랑의 모습은 바람처럼 가벼웠고 날카로운 소성까지 주변에 뿌리고 있었다.

파팟!

낮은 자세로 회전하며 두 그루의 나무 옆을 지나친 양초랑은 쌍도를 앞으로 내민 자세로 멈춰 서서 인상을 썼다.

우르릉!

순간 두 그루의 나무가 깨끗하게 잘리더니 큰 소리와 함께 옆으로 쓰러졌다. 양초랑은 곧 자세를 바로하고 잘려진 나무의 단면을 살폈다.

흠잡을 데 없이 깨끗하게 잘린 것을 보자 자신도 모르게 고개를 끄덕였다.

"내가 생각해도 대단하다니까……."

이렇게 굵은 나무는 절대 쉽게 자를 수 없다. 그러나 양초랑은 나무에 스치듯 도를 휘두르며 지나간 것만으로 잘라낸 것이다. 피나는 수련을 거듭해야지만 가능한 일이고, 자랑해도 될 만한 실력이 분명했다.

"그런데 왜…… 저놈의 옷자락조차 스치지 못하는 거지?"

양초랑은 이런 실력을 가지고도 장권호의 소매조차 베지

못한 것에 자존심이 상한 상태였다. 그리고 두 번씩이나 자신을 봐준 것 역시 마음에 안 들었다. 자신을 우습게 보는 것 같다는 생각도 들었다.

그렇기 때문에 오늘은 달랐다. 평소보다 더욱 긴장했고 머릿속에 장권호의 모습을 더욱 많이 그려 놨다. 또한 두 번의 대결로 상대에 대한 정보도 어느 정도 가지고 있는 상태였다.

"반드시 이긴다……. 무슨 일이 있어도 이긴다."

양초랑은 입술을 깨물며 주먹을 굳게 움켜쥐었다.

아침 햇살을 받으며 서 있는 두 사람은 대조적인 모습을 하고 있었다. 장권호는 평소와 다름없이 무덤덤한 표정으로 묵도를 늘어뜨린 모습을 하고 있었고 양초랑은 평소와는 다르게 긴장한 표정으로 서 있었다.

양초랑은 눈을 가린 앞머리를 위로 올리고 소매를 뜯어 마치 두건을 뒤집어쓴 것처럼 덮더니 곧 뒷머리도 동여매었다. 그렇게 하자 눈앞이 훨씬 잘 보이는 것 같았다.

"훨씬 낫군."

장권호의 목소리에 양초랑은 입꼬리를 올리며 고개를 끄덕였다.

"칭찬 고맙군."

양초랑은 말과 함께 우도만 손에 쥐고 편한 자세로 섰다.

어제와는 다른 그의 자세에 장권호는 살짝 눈을 반짝였다. 자세가 변하면서 그의 기도도 조금 부드럽게 변해 있었다. 어제까지 사나운 맹수 같았다면 지금은 포만감에 젖은 맹수라고 해야 할까?

어차피 맹수라는 점에선 변함이 없다. 겉모습이야 어떻든 그 내면은 변함이 없기 때문이다.

"생각을 해보니 벌써 세 번째인가? 이렇게 대결하는 횟수가 말이야."

장권호의 물음에 내력을 모으던 양초랑은 인상을 찌푸리며 고개를 끄덕였다.

"그렇지. 하지만 승패는 결정되지 않았어. 삼 일 동안 우리의 대결이 연장되었을 뿐이다."

자신의 패배를 절대로 인정하기 싫다는 표정으로 양초랑이 말하자 장권호는 그 마음을 이해한다는 듯 고개를 끄덕이며 말했다.

"연장되었지만 내가 시간을 두고 기다린 것은 사실이야."

장권호의 말에 양초랑은 인정하지 않을 수 없다는 표정으로 고개를 끄덕였다. 그러자 장권호가 말했다.

"그런데 내가 얻은 것은 아무것도 없어. 아무리 생각해도 뭔가 빠진 것 같아서 말이야……."

"그래서, 내기라도 하자는 건가? 나는 이 대결에 목숨을 걸었는데?"

"굳이 목숨까지 걸 필요가 있을까? 내가 지면 네놈 뜻대로 하지. 목숨을 내놓으라면 그것도 좋아. 하지만 이 대결에서 내가 이긴다면 네놈은 길 안내를 해줘야겠어."

"길 안내?"

양초랑이 조금 의아스럽다는 듯이 말하자 장권호가 다시 말했다.

"혹시 길 안내를 모르는 건 아니겠지? 내가 가려는 곳까지 길을 안내하면 되는 거야. 쉬운 일이지……. 훗! 목숨을 내놓는 것보다는 낫겠지. 어차피 결과는 뻔하니."

장권호가 처음부터 승패가 결정되어 있었다는 듯 말하자 양초랑은 어이없다는 표정으로 장권호를 쳐다보다 곧 진심 인 것을 알곤 화가 난 표정으로 대답했다.

"좋다! 네놈이 이기면 네놈이 시키는 것은 무슨 짓이라도 다 하겠다."

"후회할 말을 하는군."

장권호가 눈을 반짝이자 그 날카로움에 양초랑은 순간 자신이 후회할 말을 한 것이 아닌가 하는 생각이 들었다. 앞서 이틀 동안 봐온 실력을 볼 때 분명 장권호는 자신보다 한 수 위인 것 같았다. 하지만 승패가 오직 실력만으로 결정되는 것은 아니다.

"네놈 걱정이나 해라! 내가 이기면 나는 네놈을 개처럼 부릴 테니."

"목숨이 아니고?"

"후후…… 목숨보다 개 취급이 더 나을 것 같아서 말이야."

"좋아."

장권호가 만족한 표정으로 미소를 보이자 양초랑은 살기 어린 눈빛을 보이며 한 발 나섰다. 뭔가 말을 하려고 입을 여는 순간, 장권호의 신형이 마치 유령처럼 양초랑의 앞에 나타났다.

핏!

마치 허공에 먹물로 일(一) 자를 쓴 듯 검고 굵은 선 하나가 미끄러져오자 양초랑은 너무 놀라 뒤로 급히 물러서며 우도를 번개처럼 움직여 막아냈다.

따다다당!

장권호는 묵도를 앞으로 밀었고, 양초랑은 연신 물러서며 밀려오는 묵도를 쳐냈다. 하지만 그 기세가 너무 강해 아무리 쳐내도 묵도의 힘은 줄지 않았다.

턱!

뒤로 물러서던 양초랑은 뒷발에 힘을 주더니 묵도의 끝이 이마에 닿으려는 순간 상체를 숙이고 우측으로 돌리며 장권호의 단전으로 좌도를 찔렀다.

장권호의 눈이 그런 양초랑의 모습을 쫓았으며, 양초랑의 이마를 찔러가던 묵도가 그대로 밑을 향해 떨어졌다. 자신의 등을 내리찍는 그 행동에 양초랑의 신형이 돌던 방향 그대로 개구리처럼 튀어나갔다.

팍!

마치 꺼지듯 그가 사라지자 장권호는 시선을 돌렸다. 순간 그의 눈에 머리와 허리를 양단하듯 다가오는 두 개의 도 그림자가 잡혔다. 상당히 빠른 그 움직임에 장권호는 한 발 물러나 거리를 두었다.

양초랑은 자신의 모든 것을 지금의 한 수에 담았다. 자신이 알고 있는 마지막 절초인 탈명도해(奪命刀海)였다.

파팟!

두 개의 도 그림자가 장권호의 바로 앞을 스치며 지나치자 양초랑은 곧바로 신형을 돌려 다시 장권호에게 다가가 좌도로 목을 잘랐다. 지금까지 자신의 이 초식에 수많은 고수들이 목숨을 잃었다. 그만큼 자신 있는 초식이었고 장권호 역시 무사하지 못할 거라 여겼다.

양초랑의 쾌속함과 망설임 없는 과감한 행동에 장권호는 미소를 그렸다. 순간 장권호의 신형이 흐릿하게 흔들렸다.

그 흔들림이 잔상이라는 것을 깨달은 양초랑은 눈에서 놓친 장권호를 찾아 고개를 돌렸다. 그러던 순간 눈앞에 뭔가 다가온 것을 알았다.

빡!

"컥!"

코피를 뿜으며 뒤로 날아가는 양초랑은 허공에 떠 있는 상태에서 멍한 눈으로 하늘을 쳐다보고 있었다. 분명 무언가에 맞은 것 같은데 그게 도통 무엇인지 보이지 않았다. 코에서 전해지는 강렬한 충격은 마치 번개에 맞은 듯 전신을 관통하는 것 같았다.

'뭐지……?'

양초랑은 자신의 눈앞에 나타난 뭔가를 떠올리려 노력했다. 하지만 떠오르는 게 없었다.

털썩!

땅바닥에 떨어진 양초랑은 눈을 깜빡거리며 하늘을 쳐다보았다. 그때 해를 등진 장권호가 목도를 자신의 목에 겨누고 있는 것이 보였다. 양초랑은 어이없다는 표정으로 장권호를 쳐다보았다.

"그건 뭐지?"

"……?"

장권호가 무슨 뜻이냐는 듯 고개를 갸웃거리자 양초랑이 다시 물었다.

"내 코를 이렇게 만든 거…… 그게 뭐냐고?"

"이거."

장권호는 자신의 왼 주먹을 들어 보이며 미소를 보였다. 그러자 양초랑의 어깨가 미미하게 떨렸다.

"비겁한 새끼……. 도객이 주먹을 사용하다니."

"착각한 모양이군. 나는 도객이 아니야."

장권호는 곧 도를 거두며 말했다. 그러다 모닥불 주변에 다가가 앉으며 말했다.

"나는 중원에 찾아온 손님이다."

장권호의 말에 양초랑은 몸을 일으키다 어이없다는 듯 그를 물끄러미 보더니 곧 크게 웃기 시작했다.

"하하하하하하!"

*　　　*　　　*

그리 밝지 않은 방 안에 앉은 두 명의 청년은 상당히 친한 듯 보였다. 작은 탁자를 사이에 두고 마주하고 앉아 호롱불 밑에서 담소를 나누고 있었다.

"강호에 대해서 아는 게 거의 없는 모양이군."

양초랑은 대충 이야기를 들어본 이후 장권호가 무공만 고강했지 실제 강호의 생리에 대해선 아는 게 아무것도 없다는 생각이 들었다.

마음 같아서는 그냥 모르는 척 달아나고 싶었다. 약속이야 어차피 말로만 약속일 뿐이지 굳이 지킬 필요도 없다는 생각을 하였다. 하지만 자신의 이름값도 있고, 또한 사람이 그렇게 살면 안 된다는 것을 잘 알기에 양초랑은 양심을 팔지 못하였다.

"그전까지는 몰랐지. 하지만 이제부터는 조금씩 알아가지 않을까? 네가 알려줄 테니 말이야."

자신을 믿고 있다는 눈빛으로 쳐다보는 장권호의 시선이 부담스러웠는지 양초랑은 웃으며 말했다.

"참내⋯⋯. 내가 거짓말을 하면서 사지(死地)에 몰아넣으면 어쩌려고 그러지?"

"그때는 그 사지를 뚫고 나와 네놈을 만나겠지. 물론 그때가 마지막 만남이 될 테지만, 반갑지 않겠나?"

"흐음⋯⋯ 그건 좀 두렵군."

양초랑은 한순간에 방 안의 공기가 차갑게 변하자 장권호의 내력에 감탄하며 고개를 저었다.

"강호는 네 생각보다 더욱 험하고 간사한 세상이야. 오죽 답답하면 나같이 의협심이 투철한 사람조차 이렇게 은거하듯 지내겠나? 눈에 안 띄는 게 좋아. 너무 눈에 띄는 짓도 목숨을 단축시키는 지름길이지."

"재미있는 세상이군."

장권호는 담담한 목소리로 중얼거렸다. 양초랑이 다시 말했다.

"그렇다면 지금 무림이 어떤 상황인지도 모르겠군?"

"모르니까 묻지."

장권호의 목소리가 조금 낮게 가라앉자 더 이상 농담하듯 말하면 안 되겠다는 생각에 양초랑은 재빨리 말했다.

"현 강호는 네 개의 세력으로 나눠져 있지."

양초랑은 엄지를 제외한 네 손가락을 펼쳐 보이며 말했다. 장권호가 흥미스러운 듯 바라보자 양초랑은 다시 말했다.

"강북의 풍운회와 귀문, 그리고 강남의 세가맹과 구주성(九州城)이 바로 이들 네 개의 세력이지. 현재 강호는 그들의 천하라고 봐도 무방할 거야."

"소림이나 무당 같은 곳은?"

"그들 역시 대단한 곳이지만 대외적으로 활동을 잘 안 하기 때문에 실제 강호에서 활동한다고 볼 수는 없어. 그들의 속가제자들이야 당연히 문파를 세우고 활동을 하지만 대다수가 강북이면 풍운회고 강남이면 세가맹에 소속되어 있다고 봐야 해."

"그렇군."

장권호가 이해했다는 듯 대답한 후 다시 말했다.

"그런데 그런 이야기는 이미 알고 있는 이야기지. 내가 알고 싶은 건 무적명이야."

"그러니까 그 무적명을 알려면 이 네 개의 세력을 알아야 한단 말이다. 좀 들어. 토 달지 말고."

장권호는 양초랑이 미간을 찌푸리며 말하자 입을 닫았다. 장권호가 조용해지자 양초랑이 다시 말했다.

"무적명은 실제 천하제일인이 맞아. 그리고 그를 본 자들도 있다 하니 실존하는 인물이겠지…… 또한 사대세력과도 깊은 관련이 있다고 들었어. 그들 사대세력의 수장들은 무적명을 보았다고 하니까 말이야. 무적명은 천하 위에 있는 사람이지. 네가 정말 무적명을 만나고 싶다면 이들 사대세력과 척을 져야 하는데⋯⋯ 정사(正邪) 모두 네 적이라는 뜻이다."

양초랑의 말에 장권호는 조금 심각한 표정을 그렸다.

"무슨 뜻인지 이해하기 힘들군⋯⋯. 정사는 세불양립(勢不兩立)인데 모두 적이라니?"

"말했잖아? 무적명은 정사 모두 존경하는 인물이라고. 또한 그들 사대세력은 무적명에게 갚아야 할 빚이 있다고 들었어. 정파보다 사파가 그런 빚에 대해선 좀 더 칼같이 행동하지⋯⋯. 무적명과 척을 진 네게 고운 시선을 던질 곳은 이 강호 어디에도 없다는 뜻이야. 그냥 돌아가는 게 가장 속 편하고 안 다치는 길이지."

양초랑의 말에 장권호는 슬쩍 미소를 보인 후 말했다.

"같은 한족이란 말이로군."

양초랑은 그 말을 크게 부정하지 못하겠다는 표정으로 침묵했다. 그러자 장권호가 말했다.

"강호는 참 넓은 곳인데⋯⋯ 사람들은 속이 좀 좁은 것 같아⋯⋯. 쓸데없이 말이야⋯⋯. 무적명에 대해 정사가 두둔한다라⋯⋯. 무적명은 귀주에서 묘족의 문파인 창해문을 멸문시켰지⋯⋯. 또한 장족의 문파라 불리는 천산파도 반쯤 아작내고 내 문파도 괴멸시켰어. 아마⋯⋯ 새외의 문파들은 무적명에게 이를 갈고 있을 테지?"

장권호의 말에 양초랑은 미간을 찌푸렸다. 자신도 소문으로 들어서 알고 있는 사실이기 때문이다.

"사람들이 그러는데 조만간 점창파도 멸문될 거라 떠들더군……."

장권호는 조금 차가운 표정으로 말한 후 곧 자리에서 일어나 옆에 있는 침상에 앉았다.

"더 이상 이런 이야기는 그만하기로 하지. 나는 내일부터 칠성문에 가봐야 하니까."

"칠성문?"

"칠성문주의 무공이 너무 궁금해서 말이야."

장권호의 말에 양초랑은 조금 의아하다는 시선을 던졌다.

"칠성문주는 무공이 그리 대단하지 않아."

"그래?"

장권호가 관심을 보이며 시선을 던지자 양초랑이 말했다.

"칠성문주의 무공보다 그의 제자인 배영추의 무공이 대단하지. 칠성권은 그자의 것이 진짜라는 소문이니까."

"그렇다면 그자의 무공도 봐야겠군. 하북에서 보고 싶은 자는 칠성문주와 쌍환도뿐이니까."

"뭐?"

양초랑이 매우 놀란 표정으로 자리에서 일어서자 장권호는 무슨 일이냐는 듯 양초랑을 쳐다보았다. 그러다 양초랑이 어이없다는 듯 헛기침을 하더니 곧 자리에 앉았다.

"너, 내가 누군지도 모르고 싸웠단 말이야?"

"양초랑."

이름을 말해주자 양초랑은 가볍게 웃더니 말했다.

"네놈에게 세 번이나 패한 내가 그 雙環刀다. 하하하!"

양초랑의 말에 장권호는 매우 놀란 표정으로 눈을 크게 떴다. 눈앞의 청년이 하북에서도 이름 높은 雙環刀일 줄은 몰랐기 때문이다. 별호만 알지 雙環刀의 실제 이름을 몰랐기에 생긴 일이었다.

"좋아! 칠성문에 데려다주지. 하하하! 칠성문주가 놀라는 그 얼굴이 보고 싶군그래!"

양초랑은 다시 한 번 크게 웃었다.

제8장

단권(短拳)

　장백신공은 상당히 두껍고 무거운 책이었다. 그 책 한 권에 장백파의 모든 무공이 담겨져 있다고 스승님은 늘 말씀하셨다. 하지만 내가 보기에는 너무 난해했다. 그래서 늘 대사형과 둘째 사형에게 시범을 보여달라 하여 몸으로 익혔다. 그러다 보니 어느새 지금의 내가 있게 되었다. 두 사형이 지금의 내 모습을 보면 어떤 말을 할까……. 분명 기뻐할 것이다. 분명…….

　개봉에서 남부로 삼십 리가량 대로를 따라 내려가면 우측으로 거대한 담장이 눈에 들어온다. 백색의 담장은 높이는 일 장에 길이는 눈으로 쫓지 못할 만큼 길게 이어져 있었다.

담장 앞에는 물이 흐르고 있었는데 그 너비도 삼 장 정도나 되었다. 깊이는 물빛이 탁한 초록빛이라 알 수 없었지만 상당히 깊은 듯 보였다.

담장을 따라 한참 이동하면 다리가 하나 나타나는데 마차 석 대가 나란히 지나가도 남을 만큼 넓은 다리였다. 다리를 지나야 거대한 정문이 나오는 이 집은 바로 풍운회의 총단이었다.

강북의 수많은 문파들이 풍운회에 소속되어 있으며 수많은 무인들이 풍운회에 들어와 활동하고 싶어 했다. 지금 세상에서 강북무림은 풍운회의 천하라 해도 과언이 아니었다.

풍운회의 정문은 활짝 열려 있었으나 오가는 사람은 그리 많지 않았다. 정문을 지키는 이십 인의 수문위사들은 강한 기도를 내뿜으며 오가는 사람들의 몸을 향해 날카로운 안광을 보내고 있었다. 일반 사람들이라면 그 기세에 당연히 위축될 수밖에 없었다.

두두두두!

멀리서 들리는 마차 소리에 위사들이 시선이 달려오는 사두마차로 향했다. 커다란 마차의 좌우에 십여 명의 무인들이 말을 타고 있었으며 마차의 중앙에서 휘날리는 풍운회의 깃발이 햇살을 받아 푸른빛을 발하고 있었다.

마차는 정문에 다다르자 잠시 멈추더니 곧 위사들과 마부가 몇 마디 대화한 후 안으로 들어갔다. 마차는 대연무장을 지나 좌측으로 길게 뻗은 길을 따라 움직이다 객청 앞에 멈추었고, 곧 마차 안에서 백의를 입은 미녀가 내려섰다. 그녀는 대련에서 장권호와 헤어진 가내하였다.

가내하는 마차에서 내린 후 주변을 한 번 둘러보다 곧 안내하는 무사를 따라 객청으로 들어갔다.

"풍운회에 오신 것을 환영하오, 가 소저."

가내하는 객청에서 자신을 기다리던 사람이 의외로 젊다는 것에 눈을 반짝였다. 이십 대 후반으로 보이는 청년이었는데 상당히 부드러운 인상이었다.

"풍운회에서 잡일을 하고 있는 자청운이라 하오."

자청운의 말에 가내하는 눈을 반짝였다. 신풍수사(新風修士)라 불리는 그는 강북에서도 손에 꼽을 만큼 유명한 인물이기 때문이다. 보기에는 젊어 보여도 마흔이 넘었으며 벌써 십 년 동안 이곳 풍운회의 대소사를 관장해온 인물이었다.

"백옥궁의 가내하예요."

그녀의 대답에 자청운이 미소를 보이며 다시 말했다.

"이렇게 뵙게 되어 영광이오, 가 소저. 일단 이야기는 뒤로 미루고 일행 분들이 계시는 곳으로 안내하리다."

자청운이 말을 하고 먼저 걷기 시작하자 그 뒤로 가내하와 호위무사 둘이 따라 걸었다.

"오시는 데 불편함은 없었소이까?"

"아주 편하게 왔어요. 세심한 배려에 감사해요."

가내하는 이곳까지 마치 유람이라도 온 사람처럼 편히 올 수 있게 배려해준 풍운회에 진심으로 대답했다. 그러자 자청운은 흡족한 표정으로 말했다.

"그리 칭찬해주시니 감사할 뿐이오. 이곳 풍운회에서 생활하는 동안 어려움 없이 지내면 좋겠소이다."

"그래야지요."

가내하는 짧게 대답하고 묵묵히 걸었다. 자청운은 백옥궁의 여자들은 모두 공통적으로 성격이 조금 목석같다는 생각을 하였다. 수련하는 무공이 모두 다 차가우니 성격까지 비슷한 게 아닌가 하고 짐작했다.

한참 동안 말없이 걷던 자청운은 곧 주작원(朱雀院)의 문 앞에 도착하자 신형을 돌리며 말했다.

"이곳에서 일행 분들께서 기다리실 것이오. 그럼……"

자청운은 곧 빠른 걸음으로 물러갔다. 그가 가는 모습을 잠시 지켜본 가내하는 곧 문을 열고 안으로 들어갔다. 그러자 이름 모를 꽃들의 향기와 풀내음이 기분 좋게 다가왔다. 가내하는 숙소가 마음에 든다는 듯 미소를 보인 후 곧 빠르게 안으로 걸어 들어갔다.

큰 호수 하나를 지나자 앞에 집이 보였고, 그 안에서 목소리가 흘러나왔다. 가까이 다가가자 밖에 서 있던 십여 명의 백의녀들이 가내하를 발견하고 매우 놀란 표정으로 달려왔다.

"셋째 소궁주님을 뵙습니다."

그녀들의 인사에 가내하는 고개를 끄덕이며 안으로 걸어
들어갔다.

내실로 들어간 가내하는 자신을 쳐다보며 서 있는 두 명의
여인들을 볼 수 있었다. 한 명은 조금 큰 키에 흑발을 엉덩이
까지 기른 미인이었고, 또 한 명은 백옥 같은 피부가 돋보였
으며 마치 붓으로 찍은 듯한 눈과 붉은 입술이 뇌쇄적인 미
인이었다. 붉은 입술의 여인은 무색투명하여 잠시 바라만 보
아도 빨려들 것만 같은 눈동자를 가지고 있었는데, 그녀가
바로 백옥궁 제일의 미녀인 종미미였다. 긴 흑발을 땋아 가
슴 앞쪽으로 내리고 있는 그녀는 가내하를 보자 환한 웃음을
보이며 자리에서 일어섰다.

"어서 와!"

종미미가 양팔을 벌리며 크게 말하자 그 모습에 가내하는
자신도 모르게 다가가 안겼다. 옛날부터 가내하는 종미미의
이런 모습에서 빠져나오질 못했다. 종미미의 눈부신 미모 때
문이기도 하지만 그녀의 자애로운 눈빛도 한몫했다. 품에 안
길 때마다 마치 어머니의 품에 안긴 것 같은 따스함이 전해
져왔다.

"어서 오거라."

첫째인 임아령이 말하자 가내하는 붉어진 얼굴로 종미미

의 품에서 벗어나 자리에 앉았다. 종미미는 품에서 가내하가 벗어나자 아쉬운 듯 입술을 내밀며 앉았다.

"이제는 우리 내하가 다 커서 내 품에서도 그냥 나가고 그래……."

종미미가 쓸쓸한 표정으로 말하자 임아령은 한숨을 내쉬며 고개를 저었고 가내하는 그런 종미미의 손을 잡았다.

"언니도 참……. 밤에 같이 잘게요. 그럼 되죠?"

"응……."

종미미가 그 말에 기분 좋아진 듯 고개를 끄덕였다. 그러자 임아령이 다시 한 번 한숨을 내쉬었다. 종미미가 저렇게 어리광 부리는 모습 때문이다. 하지만 그런 모습도 오랜만에 보는 것이기에 화는 내지 않았다. 이곳에 온 이후 종미미는 단 한 번도 면사를 벗지 않았고 웃음을 보인 적도 없었다. 그런 그녀가 가내하를 보자마자 이토록 변한 것이다. 그만큼 가내하를 아끼고 있다는 뜻이었다.

"장백파는 어찌되었어?"

의자에 앉자마자 바로 묻는 임아령의 눈빛은 좀 전과는 달리 상당히 복잡하게 변해 있었다. 가내하는 그런 그녀의 질문에 상당히 굳어진 표정으로 말했다.

"장백파의 건물들은 대다수 불에 타서 없어진 상태예요."

"허……."

"그런……."

임아령과 종미미가 믿을 수 없다는 듯 눈을 크게 뜨더니 한숨을 내쉬며 고개를 저었다.

"사람들은?"

"거의……."

임아령의 다음 물음에 가내하는 대답을 길게 하지 못하였다. 그러자 종미미가 어깨를 미미하게 떨더니 가내하의 손을 굳게 움켜잡았다.

"설마…… 장 동생도 변을 당한 건 아니겠지?"

"네, 다행히……. 하지만 정신적인 충격을 상당히 받은 모양이에요."

가내하의 말에 안도의 한숨을 내쉬던 종미미는 다음 말에 가내하를 쳐다보았다. 임아령의 눈빛은 차갑게 변해 있었다.

"무슨 일이 있었어?"

"네. 권호가 산을 내려왔어요."

"뭐?"

"이런……."

임아령과 종미미가 동시에 눈을 크게 떴다. 종미미가 다시 물었다.

"그럼 산에는 누가 있는데?"

"어르신하고 사매만 있었어요. 권호마저 산을 떠나 이제 장백파의 사람은 그들 두 명뿐이에요."

"장 동생이 나왔다니……. 왜 굳이……."

"쓸데없이……."

종미미가 안타까운 표정으로 중얼거렸고 임아령은 차갑게 말했다. 그녀가 아미를 찌푸리며 눈에 살기가 맴돌자 주변 공기가 차갑게 변하기 시작했다.

"언니."

종미미가 말하자 임아령은 자신의 실책을 깨닫고는 곧 평정심을 유지했다.

"상대는 무적명이라고 들었어. 하지만…… 무적명은 중원 그 자체……. 복수는 힘들 거야."

"그렇지요."

가내하가 수긍한다는 듯 고개를 끄덕였다. 종미미는 걱정스러운 표정으로 말했다.

"장 동생을 찾으러 가야겠어요."

"그건 안 돼."

"절대 안 돼요."

임아령과 가내하가 동시에 말하자 종미미는 그저 큰 눈을 껌벅거리기만 했다. 그녀들이 생각 이상으로 거칠게 반응했기 때문이다. 그러자 임아령이 시선을 돌리며 말했다.

"아무튼 절대 안 되니까 그리 알아. 우리는 할 일이 있어서 이곳에 왔다는 것을 명심하고."

종미미가 그 말에 다시 한 번 입술을 내밀며 토라진 표정을 지었다. 그러자 가내하가 말했다.

"권호가 풍운회에 온다고 했으니 여기에 가만히 계셔도 만날 거예요. 그러니 조급하게 움직이지 마세요."

"응……."

종미미가 그 말에 토라진 기분을 풀며 고개를 끄덕였다. 장권호가 풍운회에 온다는 사실이 내심 기쁜 모양인지 입술에 미소가 살짝 그려졌다.

"우린…… 할 일이 있으니까…… 장백파의 일은 잊자. 그리고 할 일이 끝나면 미련 없이 백옥궁으로 돌아가야 한다는 사실도 잊지 말고."

"네."

"알겠어요."

종미미와 가내하가 대답하자 임아령은 곧 자신의 방으로 들어갔다. 그녀가 들어가자 종미미와 가내하가 이야기를 나누기 시작했다. 임아령과는 달리 종미미와 가내하는 나이 차가 많이 나지 않아 상당히 친한 사이였으나 임아령은 그들과는 나이 차가 있기에 약간의 거리가 있었다.

방으로 들어온 임아령은 거울 앞에 앉아 어깨를 미미하게 떨었다.

'오라버니…….'

그녀는 어릴 때 마치 자신을 친동생처럼 아껴주던 장검명의 얼굴을 떠올렸다. 백옥궁에 놀러올 때면 그는 늘 자신에게 선물을 하나씩 주곤 했다. 그리고 그가 중원으로 떠나면

서 자신에게 준 선물은 지금 손에 끼고 있는 백색의 옥반지
였다.

'오라버니……'

임아령은 다시 한 번 장검명의 얼굴을 그리며 약지에 끼고
있는 백옥반지를 쓰다듬었다.

*   *   *

"늙어서 돌아가신 거지……. 사실…… 오늘내일하셨으니
까……."

식탁에 앉아 젓가락을 움직이던 양초랑은 스승님이 돌아
가신 이유를 설명하며 열심히 소면을 삼켰다.

"그래서 아는 게 없군그래."

"뭐…… 그렇지……. 내가 알기론 그 장검명인가 하는 네
사형은 스승님뿐만 아니라 꽤 많은 사람들과도 비무를 한 모
양이야."

양초랑의 말에 장권호는 미미하게 고개를 끄덕였다.

"지금 네가 하려는 일도 아마 네 사형과 같은 것 같은
데……. 똑같은 길을 걷는 거라면 언젠간…… 분명 흉수가
나타날 거야."

양초랑의 말에 장권호는 다시 한 번 고개를 끄덕였다. 자
신도 그렇게 생각하기 때문이다.

탁!

양초랑은 젓가락을 내려놓고 그릇째 들어 어느새 국물까지 말끔히 비웠다. 그 모습을 본 장권호가 젓가락을 내려놓으며 일어나 밖으로 나가자 양초랑이 곧바로 그 뒤를 따랐다.

밖은 중심가인 듯 많은 사람들이 오가고 있었으며, 장권호와 양초랑은 그 사람들을 헤치며 걸었다.

"일단 장검명의 행적을 조사하려면 장검명과 비무했던 사람들을 찾아보는 게 가장 빠른 길이지 않아?"

"그걸 안다면 이렇게 막연하게 움직이지 않아."

"하긴……."

양초랑은 이해한다는 듯 고개를 끄덕였다.

"나도 강호에서 활동하지만 장검명에 대한 이야기는 거의 듣지 못했어. 아마도 숨겼거나 알려지지 않았겠지……. 특히 자존심이 강한 무인일수록…… 더욱 숨겼을 거야. 쉽지 않겠는데……. 하지만 정말 이상하군……. 장검명에 대한 정보가 거의 없다는 게 말이야. 개방이나 하오문에 물어봐야 하나……. 하지만 그놈들은 너무 자기중심적이고 바라는 게 많아 안 돼……."

양초랑은 자기 스스로 생각하며 말하였다. 장권호에게 동의를 구하기 위해서가 아니라 스스로 생각하며 내뱉은 혼잣말이었다.

"하오문과 개방은 분명 많은 정보를 다루지만 한 번 그들과 거래를 하고 나면 그놈들의 손에서 벗어나기가 어려워. 그게 단점이지. 독한 놈들이니까. 무엇보다 정파라 자처하는 내가 하오문에 찾아갈 수도 없는 노릇이고……."

양초랑은 계속해서 혼자 생각하며 떠들었다. 그런 가운데 발은 어딘가로 향했으며 뚜렷한 목표를 가진 듯 보였다.

'사형의 죽음 뒤엔 분명 무언가가 있어……. 분명히…….'

장권호는 늘 하던 생각을 다시 한 번 했다. 사형이 죽은 뒤 얼마 지나지 않아 장백파가 괴멸당했다. 그게 다수에 의한 것인지 무적명 한 명에 의한 것인지 신경 쓰지는 않았다. 다수나 한 명이나 그에겐 어차피 같았기 때문이다.

'사매가 보고 싶군…….'

장권호는 마지막까지 자신의 손을 잡고 있던 사매의 얼굴을 떠올렸다. 다시는 못 만날지도 모른다는 생각 때문일까? 사매는 눈물을 흘리지는 않았지만 울고 있는 듯 보였다. 그 얼굴이 뇌리에서 떠나지 않았다.

"듣고 있어?"

양초랑의 목소리에 장권호는 생각을 버리고 양초랑을 쳐다보았다. 그 모습에 양초랑은 고개를 저으며 말했다.

"칠성문의 무공은 빠르진 않지만 진중한 맛이 있어. 그 점을 잊지 말라고. 거기다 칠성권은 강한 내가중수법이 담긴 무공이야. 한 번 제대로 맞으면 칠 일을 버티지 못하고 죽는

다 하지. 그래서 칠일탈명권이라고도 부른다. 그 점, 잊지 말라고."

"그러지."

장권호는 미소를 보이며 눈을 반짝였다. 어느새 그들은 칠성문이라 쓰인 현판 아래에 서 있었고 굳게 닫힌 대문이 눈앞에 있었다.

양초랑은 한 번 장권호를 보며 의미심장한 미소를 날리더니 곧 땅을 박차고 허공에 떠올랐다.

"아자!"

크게 외친 그는 갑자기 대문을 향해 발차기를 날렸다.

쾅!

강렬한 폭음을 내며 대문이 박살나자 파편과 함께 그 안으로 들어간 양초랑은 먼지를 털며 일어나자마자 넓은 연무장에 십여 줄로 도열한 채 서 있는 수많은 사람들의 시선을 받아야 했다.

"오……."

양초랑은 자신을 기다렸다는 듯 서 있는 사람들의 시선에 팔짱을 끼고 칠성문도들을 쳐다보았다.

그들은 회색 바지를 입고 상체는 드러내놓고 있었는데 모두 잘 다듬어진 근육을 자랑하고 있었다. 갈색으로 그을린 그들의 건강한 피부와 근육이 금방이라도 폭발할 것처럼 불끈거렸다. 연무장의 맨 뒤쪽 십여 개의 계단 위에 서 있던 삼

십 대 초반의 인물이 경직된 표정으로 부서진 정문을 쳐다보고 있었다.

잠시의 정적 속에서 정문을 보던 건장한 장한들이 일제히 살기를 뿌리며 몸을 돌렸다. 그 사이로 칠성문주의 제자인 배영추가 걸어왔다.

"이런 미친!"

배영추는 너무 어이없고 황당해 잠시 할 말을 잃은 듯 양초랑을 쳐다보았으나 곧 정신을 차리고 정문을 부수며 당당히 들어온 양초랑을 향해 강한 살기를 뿌렸다.

"양초랑! 네가 이제 간이 배 밖으로 튀어나왔구나!"

배영추의 외침에 양초랑은 아무렇지도 않다는 듯 말했다.

"한 번쯤 칠성문의 대문을 이렇게 부수고 싶었소이다."

양초랑의 말에 배영추의 뒤에 서 있던 청년들이 폭발할 듯 성난 표정으로 일제히 앞으로 나섰다. 하지만 배영추가 손을 들어 막으며 말했다. 그 행동에 청년들은 불만 어린 표정으로 물러섰지만 양초랑을 향한 분노는 식지 않았다.

"우리와 기어코 피를 보자는 거로구나."

"피는 무슨……. 그냥 인사차 들른 것뿐인데."

양초랑의 말에 배영추의 안면 근육이 미묘하게 틀어졌다. 양초랑은 그런 배영추를 향해 다시 말했다.

"솔직히 마음에 들지도 않고."

양초랑은 슬쩍 말을 하며 우도의 손잡이를 잡았다. 그 행동에 청년들의 얼굴에 긴장감이 어렸다. 양초랑이 강북삼도라 불리는 것은 그들도 잘 알고 있었다.

"그동안 같은 지역에 살기 때문에 네 건방진 행동에도 눈을 감아주었다. 하지만 네가 진정 이렇게 나온다면 우리도 더 이상 가만히 있을 필요는 없겠지."

뚜둑!

배영추가 주먹을 굳게 말아 쥐며 전신으로 내력을 돌리자 강한 기도가 사방으로 퍼져나가기 시작했다. 그런 그의 모습에 양초랑은 고개를 끄덕이며 도를 뽑으려 했다. 그때 장권호가 들어와 둘의 사이에 끼어들며 말했다.

"칠성권은 하북제일의 권법이라 들었소."

슥!

그의 신형이 양초랑을 지나 배영추의 이 장 앞에 섰다. 장권호의 모습에 배영추는 안색을 바꾸며 그를 노려보았다. 거기다 좀 전의 소란에 문밖으로 수많은 사람들이 모여든 것이 눈에 보였다.

눈앞에 있는 장권호도 범상치 않아 보였는데 그 뒤로 많은 구경꾼까지 있자 기분이 좋지 않았다. 찾아온 손님치고 좋은 손님은 없다고 했다. 배영추는 장권호의 전신을 훑어보면서 물었다.

"누구시오?"

"장권호라 하오."

장권호가 정중히 말하자 배영추는 고개를 끄덕였다. 하지만 자신의 이름을 말하지는 않았다. 어떻게 보면 건방지고 예의에 어긋난 행동이었다. 하지만 배영추는 당연하다는 듯이 말하고 행동했다. 그래야 칠성문이었기 때문이다.

"양초랑! 네놈이 기어코 우리와 한판 해보자고 드는구나!"

휘리릭!

쩌렁쩌렁하게 외친 사람이 지붕을 타고 넘어와 양초랑을 향해 떨어졌다. 양초랑은 상대의 모습을 눈으로 확인하자 기쁜 듯 외치며 쌍도를 뽑아 들었다.

"하하하하! 강수룡이로군!"

휙!

양초랑이 떨어져 내리는 청색 인형을 향해 땅을 차고 날아올랐다.

파팟!

두 그림자가 허공에서 얽히더니 좌우로 멀리 떨어졌다. 그런 둘은 서로를 노려보며 살기를 보이고 있었다.

"강수룡이다!"

갑자기 나타난 젊은 청년을 향해 사람들은 일제히 강수룡의 이름을 연호했다. 젊은 청년은 바로 칠성문주의 첫째 아들인 강수룡이었다. 그는 양초랑과 이미 알고 있는 사이로 보였다.

"조금 실력이 늘었나, 애송이?"

"웃기는 놈!"

쉭!

강수룡이 먼저 일권을 날리며 접근했다. 양초랑 역시 망설이지 않고 강수룡과 어울렸다.

쉬쉭!

둘의 그림자가 빠르게 움직이더니 어느새 대전의 지붕 위까지 올라갔다. 그들의 화려한 싸움에 구경하던 사람들의 입에서 연신 환호성이 터져 나왔다.

배영추는 둘의 싸움에 고개를 저으며 한숨을 내쉬었다. 그러다 장권호의 눈동자와 마주쳤다.

"오늘은 보시다시피 시끄러우니 다음에 이야기를 합시다."

"칠성권이 보고 싶소."

배영추는 고개를 저었다.

"여긴 무공을 수련하는 곳이지 비무를 하는 곳이 아니오."

"내일 정오에 대죽원에서 기다리겠소."

배영추가 거절했으나 장권호는 그 말을 듣지 못한 사람처럼 일방적으로 말한 후 신형을 돌렸다. 그런 그의 손이 벽면에 붙었다.

쿵!

순간 육중한 소리를 내며 벽에서 먼지가 피어났다. 장권호는 시선을 돌려 배영추에게 말했다.

"칠성권이 보고 싶소."

장권호는 다시 한 번 짧게 말한 후 칠성문의 대문을 지나 사람들 틈으로 사라졌다.

"음······."

배영추가 갈라진 벽면을 살피고 있을 때, 그의 뒤에 서 있던 청년들 중 한 명이 호기심에 벽면으로 나가가 손을 대었다. 순간 벽이 힘없이 우르르 허물어졌다. 그 너비만 일 장에 달했고, 부서진 벽돌도 자갈이라 불러야 할 만큼 작았다.

배영추의 눈동자가 흔들리기 시작했다. 아무리 대단한 내가중수법이라 해도 이처럼 벽돌을 잘게 부수면서 무너뜨리기란 쉽지 않다. 거기다 뚫린 벽면의 너비만 해도 일 장에 달했다.

'어렵구나······ 어려워······.'

배영추의 이마에 깊은 고뇌가 어렸다.

쾅!

그 순간 두 사람이 싸우다 폭음을 일으키며 대전 지붕을 뚫고 들어가자 배영추는 화난 표정으로 신형을 돌린 뒤 대전으로 들어갔다.

"시끄러워!"

그의 외침이 터진 후 양초랑이 지붕을 뚫고 튀어나오더니 연무장에 내려섰다. 그는 소매를 걷으며 나오는 배영추와 눈이 마주치자 미소를 보이며 도를 거두었다.

"내일 정오에 뵙겠소."

그렇게 말한 양초랑은 강수룡을 향해 시선을 던졌다.

"잘 놀았다."

"이놈!"

강수룡이 한 발 나서려는 순간 배영추가 그의 신형을 잡았다.

"그만…… 상대는 양초랑이야……. 그가 봐주지 않았다면 넌 벌써 다진 고기가 됐을 것이다."

그의 말에 강수룡은 인상을 썼으나 더 이상 나서지 않았다.

"저 자식이 우리 대문을 부쉈습니다."

"알아. 하지만 그것보다 내일 비무가 문제야……."

그렇게 말한 배영추는 벌써부터 비무를 떠들고 다니는 구경꾼들을 쳐다보았다. 많은 사람들이 떠드는 이야기에 그는 내일 약속에 나갈 수밖에 없음을 알았다. 얼마 지나지 않아 분명 석가장의 모든 사람들이 비무에 대해 알게 될 것이다. 그런 비무를 피한다면 대문을 다시 만들기는커녕 아예 이곳을 떠나야 할 것이다.

"양초랑은 언제라도 상대할 수가 있어. 어차피 대문을 부쉈으니 그 보상은 받아내야지."

"돈은 안 됩니다. 팔다리 중 하나를 받아야 합니다."

강수룡의 말에 배영추는 고개를 저으며 신형을 돌렸다.

"무너진 지붕을 보수하고 대문도 새로 만들어라!"

배영추의 지시에 웃통을 벗은 청년들이 일제히 대답하며 바쁘게 움직이기 시작했다.

"사형!"

강수룡은 대답을 안 하는 배영추가 답답한지 크게 말했다. 그러자 배영추가 걸음을 옮기며 말했다.

"양초랑이 문제가 아니라 내일 있을 비무가 문제다…….
비무가 문제라고……."

배영추의 낮은 목소리에 강수룡은 그가 크게 화나 있음을 알았다. 그제서야 강수룡은 입을 닫았다. 배영추는 곧 내실로 들어가 의자에 앉고 눈을 감았다. 양초랑과 장권호를 생각하니 머리가 아파왔다.

*   *   *

석가장에서 서남쪽으로 십여 리 가다보면 큰 대나무가 가득한 산이 나오는데, 그 앞에 대죽원이 있다. 앞으로는 남하 (南河)라는 작은 강이 흐르고, 주변을 둘러싼 대나무 숲의 풍경은 사람들의 발길을 잡고 있었다.

커다란 대나무 숲을 지나 펼쳐진 넓은 공터의 남쪽 방향에 칠성문의 문도들이 늘어서 있었다. 그들의 앞에는 배영추가 서 있었다.

석가장에서 꽤 떨어진 곳이라 그런지 구경꾼은 별로 없었다. 하지만 몇몇 사람들이 옹기종기 모여 서 있는 모습도 눈에 들어왔다. 배영추는 구경꾼들이 있다는 게 마음에 걸렸지만 어쩔 수 없다고 생각했다. 이미 소문이 날 만큼 난 상태였기 때문이다.

"온다."

누군가의 말과 함께 양초랑이 모습을 보였다. 양초랑이 나타나자 배영추는 미간을 찌푸리며 뒷짐을 지었다.

"칠성문과 한판 하고 싶은데 그러지 못해 유감이오."

양초랑의 말에 배영추가 살기 어린 미소를 보이며 말했다.

"젊은 놈이 큰 명성을 얻더니 눈에 뵈는 게 없는 모양이군."

배영추의 말에 양초랑은 마음에 안 든다는 표정으로 다시 말했다.

"솔직히 칠성문이 정파라고 하지만 마음에 안 들어. 하는 짓도 그렇고, 하북의 패자인 양 으스대는 꼴도 보기 싫고 말이야."

양초랑의 시선은 배영추를 지나 그 뒤에 서 있는 문도들에게 향했다. 바로 그들에게 한 말이기 때문이다.

"네놈이 싫다 해서 사라질 칠성문이 아니다. 거기다 정문을 부수고도 무사할 거라 생각했다면 오산이지. 오늘 비무가 끝난 후 네놈의 팔다리를 분질러주마."

배영추의 말에 양초랑은 고개를 끄덕였다.

"만약 이긴다면 받아들이지. 이긴다면 말이야."

양초랑의 자신감 있는 목소리에 배영추는 눈을 반짝이며 어느새 양초랑의 옆으로 다가온 장권호를 쳐다보았다.

"장백산에서 온 장권호라 하오."

"장백?"

배영추는 포권하며 인사하는 장권호의 말에 조금 의아한 눈빛을 던졌다. 중원에서 멀리 떨어져 있는 장백파에서 왔다는 말 때문이다. 거기다 장백파는 이민족의 문파였다.

"칠성문의 배영추라 하네."

배영추가 뒷짐을 풀고 가볍게 읍을 하자 장권호가 앞으로 걸어 나왔다. 배영추 역시 천천히 걸음을 옮겨 삼 장 정도의 거리까지 접근했다.

"정식으로 칠성권을 구경하고 싶소. 서로 승패에 연연하지 맙시다."

"그 말은 원한을 남기지 말고 싸우자는 뜻인가?"

"물론이오."

장권호가 고개를 끄덕이자 배영추가 미소를 보였다.

"그렇게 하지. 나 배영추는 자네와의 대결에 있어 승패에 연연하지 않겠네. 설혹 패한다 해도 원한을 갖지 않을 것이야."

"나 역시 그렇게 하겠소. 이건 사나이의 약속이오."

"물론."

배영추는 가벼운 마음으로 고개를 끄덕였다. 하지만 가슴 한쪽으로 장권호의 자신감에 위축되었다. 무엇보다 가까이에서 본 그는 상당히 커다란 사람으로 보였다.

배영추의 시선이 장권호의 등에 걸린 도와 검으로 향했다.

"무기를 써도 상관없네. 칠성권은 무기를 든 자라 해도 두려워하지 않네."

장권호는 배영추의 말에 미소를 보인 후 검과 도를 풀어 옆에 던져놓았다. 그리곤 소매를 어깨까지 걷어 올린 후 말했다.

"나도 권법에 조금 자신이 있소이다."

"호오…… 마음에 드네."

슥!

배영추가 먼저 자세를 잡으며 허리를 낮추자 장권호는 그의 앞발이 바닥에서 살짝 떨어져 있다는 생각이 들었다. 장권호는 비스듬히 선 채 오른손을 입술 위치까지 가볍게 들었다. 반주먹을 쥔 그의 모습은 어떻게 보면 지나가는 한량처럼 여유로워 보이게 했다.

배영추의 눈에는 장권호의 자세에 드러난 수없이 많은 빈틈이 보였다. 하지만 배영추는 쉽사리 손을 쓰지는 못하였다. 그의 걸음이 좌측으로 조금씩 이동하자 장권호는 우측으로 이동했다.

휘이잉!

강한 바람이 불어오자 땅에 떨어져 있던 죽엽들이 휘날렸다. 그리고 작은 죽엽 하나가 장권호의 눈을 가리고 지나치는 찰나,

팟!

바람 소리를 내며 배영추의 손등이 죽엽 너머 징권호의 면전으로 날아들었다.

장권호는 한순간 시야가 가려지자 고개를 좌측으로 돌리고, 날아드는 배영추의 손등으로 자신의 주먹을 마주 찔렀다.

퍽!

"큭!"

손등과 주먹이 부딪히자 배영추는 안색을 찌푸리며 재빠르게 손을 회수하고 좌수로 장권호의 목을 노렸다. 장권호는 배영추의 좌수가 날아들자 그 손을 쳐내기 위해 오른손을 휘둘렀다. 그 속도가 번개같았으나 배영추는 한 발 물러서며 좌수를 당겨 장권호의 손을 피했다.

좀 전에 단 한 번 부딪힌 것만으로도 오른손이 저린데, 똑같은 수에 또 당할 이유가 없었다. 게다가 부딪힌 순간에는 장권호가 정권(正拳)으로 맞받아친 것이 아닌가 생각했으나, 지금 느껴지는 손의 고통과 흐릿하게 보여 확신하지 못했던 장권호의 주먹 모양을 떠올려 보니 정권이 아니라 주먹을 쥔

채 중지만 살짝 올린 정권(頂拳)으로 친 것이 분명했다.

쉬쉭!

배영추가 물이 흐르듯 유려하게 칠성보를 밟으며 장권호를 압박해갔다. 장권호의 머리를 노리려는 듯 우장을 펼쳤다가도 곧바로 정권이 부딪쳐오자 재빠르게 손을 거두어 수도로 그의 손목을 노렸다.

팍!

"……!"

수도의 손목을 장권호가 왼손으로 쳐내자 배영추는 크게 놀라 반 장 물러섰다. 그러나 곧 몸을 한 바퀴 돌며 순식간에 반 장의 거리를 다시 들어가 장권호의 가슴을 쌍장으로 쳐갔다. 석산투로(石山鬪路)의 절초였다.

장권호의 주먹이 쌍장과 마주쳤다.

쿵!

"큭!"

배영추가 강한 반탄력에 밀려 뒤로 이 보 물러섰고, 장권호의 신형 역시 반보 물러섰다. 그 차이에 구경하던 양초랑의 눈빛에 빛이 일어났다.

쉬쉭!

순간 배영추의 신형이 바람처럼 장권호를 향해 나아갔다. 그의 손이 보이지도 않을 만큼 빠르게 장권호의 상체를 찍어갔다. 그의 손놀림이 빠르게 변하여 상체의 요혈을 노리자 장권호의 움직임 역시 빠르게 변하였다.

쉭쉭!

반 장의 거리를 두고 싸우는 둘의 환영은 무수히 늘어났으나 주변으로 바람 소리만을 흘릴 뿐이었다. 누구 한 명도 서로에게 시원스런 타격을 주지 못하고 있었다.

팟!

눈앞을 스친 일권이 일으킨 바람에 장권호의 살이 파르르 떨렸다. 대단한 위력이 담긴 주먹이었다. 장권호는 마음속으로 감탄하며 배영추의 안면을 왼손으로 쳤다.

팍!

안면을 향하던 손이 배영추의 좌수에 잡혔다. 그 순간 배영추의 우수가 번개처럼 장권호의 왼 팔뚝을 내리쳤다. 팔을 부러뜨리려는 의도가 분명한 그 행동에 장권호는 무릎을 차올렸다. 눈앞에 흐릿한 무언가가 튀어 올라오자 배영추의 눈동자가 흔들렸다.

팍!

배영추는 장권호의 손을 놓으며 급히 뒤로 반보 물러섰다. 물러서기가 무섭게 장권호의 발이 턱을 스치고 지나가자 배영추의 안색이 바뀌었다. 다음 순간 장권호가 들어 올린 발이 벼락처럼 떨어지자 배영추는 무릎을 굽히고 신형을 회전시키며 장권호의 무릎을 차갔다.

쉬이익!

강력한 회전력에 배영추를 중심으로 회오리바람이 일어났다. 그러한 움직임에 장권호는 내려치던 발의 궤도를 바꿨다.

팍!

낮은 자세로 회전각을 펼치는 배영추의 발과 장권호의 발이 부딪히며 둘 모두에게 강한 충격을 전해주었다. 특히 배영추는 회전을 유지하지 못하고 비틀거리다 넘어지고 말았다.

쉭!

장권호의 손이 넘어져 있는 배영추의 허벅지를 찍어갔다. 다리를 쭉 뻗고 쓰러져 있던 배영추는 급히 다리를 모으며 번개처럼 위로 힘껏 뛰어 올라 장권호의 안면을 향해 발을 뻗었다.

팍!

장권호의 우수가 뻗어온 발바닥에 정확하게 부딪쳤다.

"큭!"

배영추가 신음을 흘리며 뒤로 밀려나갔다. 그런 그의 인상은 구겨져 있었으며 발을 털듯 연신 흔들고 있었다. 왼발에 큰 충격을 받은 듯 보였다.

"내가권?"

배영추가 놀란 시선으로 쳐다보자 장권호는 고개를 끄덕였다.

"신발도 뚫고 들어오다니…… 놀랍네."

배영추는 가죽신발을 뚫고 들어온 내력에 많이 놀라고 있었다. 그러자 장권호가 말했다.

"칠성권을 보여주시오."

"홋!"

배영추가 미묘한 눈빛을 보이더니 곧 앞으로 뻗어나가며 언뜻 평범해 보이는 일권을 내질렀다. 그 힘에 장권호가 마주 일권을 날렸다. 그때 배영추의 다리에서 시작된 회전력이 팔에 전달되더니 일권이 수십 개로 늘어나 장권호의 팔을 스치듯 감쌌다.

파파파팟!

"……!"

장권호는 팔에 있는 십수 개의 혈도가 한순간에 점혈되자 매우 놀란 듯 눈을 크게 떴다. 바로 그때 가슴으로 배영추의 일권이 파고들었다.

퍽!

"흡!"

장권호는 가슴을 파고드는 강력한 충격에 뒤로 십여 걸음이나 물러섰다. 그 순간 그의 좌수는 마치 부러진 듯 힘없이 흔들리고 있었다.

"와아아아!"

눈 깜짝할 사이에 두 명의 신형이 멀리 떨어지자 주변에서 구경하던 사람들은 눈을 크게 떴고, 장권호의 팔이 힘없이 흔들리자 철성문도들이 일제히 환호하기 시작했다.

"으음……."

장권호가 인상을 찌푸리며 바라보자 배영추는 양손을 앞으로 뻗은 채 빈 허공을 움켜잡고 있는 자세를 취했다.

"조금 아플 것이네."

"조금이 아니라 많이 아프구려."

장권호는 좌수에 힘을 주었다. 하지만 주먹이 쥐어지지 않자 팔이 마비되었음을 알았다.

"대단하군……."

"팔의 열여덟 개 혈도를 눌렀네. 반 시진은 사용할 수 없을 것이야."

배영추의 말에 장권호는 고개를 끄덕였다.

"초식은?"

"혈연추타(血緣追打)."

배양추는 반보 나서며 내력을 모았다. 그의 전신에서 강력한 기운이 휘몰아치기 시작하자 주변으로 강한 바람이 불었다. 배영추가 말했다.

"장백권을 보여주지 그러나? 설마 지금까지 보여준 게 장백권은 아니겠지?"

배영추의 자신감 가득한 모습에 장권호는 허리를 세우며

흔들리는 왼팔을 오른팔로 잡았다. 순간 '뚜둑!' 소리를 내며 그의 좌수가 움직이자 배영추는 눈을 크게 떴다. 믿을 수가 없었기 때문이다.

장권호는 왼손으로 주먹을 쥐었다 펴며 말했다.

"확실히…… 대단하군……. 한순간 나도 팔을 쓸 수 없게 된 것이 아닌가 하고 걱정할 정도였으니까."

장권호의 기도가 삽시간에 사방으로 퍼지기 시작하더니 강한 살기가 되어 배영추를 압박했다. 오직 자신에게만 향하는 강력한 살기에 배영추의 눈동자가 흔들렸다. 예상 이상으로 장권호의 기도가 강력했기 때문이다.

"지금까지 보인 것이 다 장백권이오."

"그랬나? 조금 시시하다는 기분이 드는군. 장백파의 무공은 패(覇)를 추구하는 무공 중에서도 강하고 독특하다고 들었네."

"확실히 그렇소. 장백파의 권법에 방어는 없소."

슥!

다시 반보 앞으로 나온 장권호의 오른손이 허공을 갈랐다.

쉬악!

순간 날카롭게 바람을 가르는 소리를 내며 정면으로 날아드는 거대한 권영에 배영추의 안색이 급변했다. 배영추는 강한 회전을 일으키며 수십 개의 손 그림자를 만들어 권영을 감쌌다.

꽝!

"......!"

강렬한 폭음을 일으키며 뒤로 밀려난 배영추는 크게 놀란 표정으로 손을 들었다. 하지만 손에 힘이 들어가지 않는 것을 알았다. 이 한 번의 부딪힘으로 양손이 떨어져 나간 듯한 느낌을 받아야 했다.

슥!

"헉!"

배영추는 어느새 자신의 반 장 앞에 서 있는 장권호의 모습에 매우 놀란 듯 눈을 크게 떴다. 장권호가 우수를 들었다.

"장백파의 권법은 오직 타격만 있을 뿐이오."

쉭!

장권호의 우권이 가슴으로 뻗어왔으나 배영추는 막을 수가 없었다. 양팔이 마비된 듯 움직이지 않았기 때문이다. 배영추는 다급히 반회전하며 왼 다리를 뻗어 장권호의 주먹을 쳐냈다.

팍!

뚜둑!

"크아악!"

배영추가 고통에 찬 비명을 지르며 바닥에 쓰러졌다. 그의 종아리에만 회오리바람이 분 듯 뒤틀린 상태였으며 옷자락 역시 회오리에 휘말린 것처럼 말려 올라가 있었다. 그 강한 충격을 이기지 못하고, 배영추는 기절한 듯 눈을 감고 있었다.

단 한 번 부딪쳐서 다리가 부러지고 실신까지 하였다. 그 참담한 모습에 구경하던 사람들은 입을 크게 벌린 채 다물지 못했으며 칠성문도들 역시 믿지 못하겠다는 표정으로 쓰러진 배영추를 쳐다보고 있었다.

쓰러진 배영추를 내려다보던 장권호는 곧 그를 향해 포권했다.

"즐거웠소."

장권호가 신형을 돌리자 칠성문의 문도들이 일제히 장권호의 앞을 가로막았다. 장권호는 그들의 분노와 살기가 어린 표정을 의외라는 듯 둘러보았다.

"이대로 그냥 갈 수 있게 놔둘 것 같으냐?"

어느새 칠성문도들의 앞에 선 강수룡이 매우 분노한 눈으로 장권호를 노려보고 있었다. 그는 당장이라도 장권호에게 덤비려는 듯 자세를 잡았다. 그러자 장권호의 옆에 양초랑이 섰다.

"내가 그랬잖아? 이겨도 쉽게 못 간다고 말이야."

양초랑이 슬쩍 귀에 대고 속삭이자 장권호는 고개를 끄덕이고는 강수룡에게 다가갔다.

"비켜."

그의 짧고 낮은 목소리와 서늘한 시선을 마주한 강수룡은 동작을 멈춰야 했다. 그의 엄청난 기도가 전신을 짓눌렀기 때문이다. 자신도 모르게 등줄기로 식은땀이 흘러내렸다.

"으으……."

어깨를 떨던 강수룡은 장권호가 어느새 일 장 앞까지 접근하자 두려움을 떨쳐내기 위해 크게 기합을 지르며 주먹을 쥐었다.

"으아압!"

그의 외침에 대나무 숲이 크게 흔들리는 것 같았다. 강수룡은 곧 장권호의 기도를 물리친 듯 좀 전과는 달리 강한 투지를 발하며 앞으로 나섰다.

"간다!"

쉭!

강수룡의 일권이 가슴으로 향하자 장권호는 우수를 들었다. 그 순간 강수룡의 신형이 일곱 개로 늘어나며 장권호의 전신을 노렸다.

"칠성관해(七星觀海)!"

쉭쉭!

일곱 개로 늘어난 강수룡의 신형 하나하나에서 강한 투지가 일어났고, 그가 일으킨 수십 개의 손 그림자가 장권호의 전신 요혈을 향해 사방에서 몰아쳤다.

장권호는 그 모습에 놀랍다는 듯 눈을 크게 뜨더니 좌수를 들었다. 그가 손을 든 순간, 다가오던 강수룡의 신형이 마치 그 자리에 정지한 듯 멈췄다. 얼마 지나지 않아 그가 일으킨 손 그림자가 사라졌으며, 정면에 서 있던 강수룡의 신형이 걷잡을 수 없이 흔들렸다. 전신으로 퍼져나가는 강력한 고통 때문이었다.

"으윽!"

주룩!

그의 코에서는 피가 흘렀으며 두 눈에는 큰 멍이 생겨났다. 강수룡은 더 이상 발걸음을 옮기지 못하고 그 자리에서 몇 번이나 주먹을 들다 이내 바닥에 쓰러졌다.

털썩!

"도련님!"

그 뒤에 서 있던 칠성문도들이 일제히 강수룡의 곁으로 모여들었다. 그와 동시에 몇몇 칠성문도들이 분을 참지 못하고 장권호를 향해 달려들었다.

"개새끼!"

"이대로 못 보낸다!"

일제히 달려드는 그 모습에 장권호는 우수를 들었다. 순간 그의 일장 앞으로 접근하던 다섯 명의 사내가 멈춰 섰다. 마치 시간이 정지하기라도 한 것처럼 멍한 표정으로 멈춰 선 그들은 마치 약속이라도 한 듯 강수룡과 똑같이 두 눈이 멍들고 코에서 피를 흘리더니 강수룡과 같은 모습으로 바닥에 쓰러졌다.

"하하하하하!"

양초랑이 결국 그 우스꽝스러운 모습에 웃음을 참지 못하고 대소하자 장권호에게 달려들던 칠성문도들은 더 이상 접근하지 못하고 망설이며 쳐다보기만 했다.

"물러서라!"

갑작스럽게 들린 큰 목소리에 장권호는 시선을 돌렸다. 우측에 어느새 정신을 차린 배영추가 부축을 받으며 서 있었다. 그는 자신의 뒤틀린 왼 다리를 보더니 씁쓸한 표정으로 말했다.

"보내줘라."

"하지만!"

문도들의 외침에 배영추는 손을 들어 그들의 입을 막은 후 장권호를 쳐다보며 말했다.

"쾌권이로군. 권격이 번개처럼 움직이는 것 같아 볼 수조차 없었네. 대단해……."

"과찬이오."

배영추의 말에 장권호는 겸손하게 대답했다. 그러자 배영추가 다시 말했다.

"내 다리가 다 나으면 자네에게 찾아가도 되겠나?"

"물론이오."

"기대하겠네."

배영추는 그렇게 말한 후 곧 문도들과 함께 천천히 이동하기 시작했다. 그가 이동하자 칠성문도들이 뒤를 따랐다. 장권호에게는 그 모습이 상당히 쓸쓸하게 다가왔다. 이겨도 이긴 기분이 안 드는 것은 아마도 멀어지는 배영추의 힘없는 등 때문일지도 모르겠다고 생각했다.

짝! 짝! 짝!

마 신형을 돌리던 장권호는 주변에서 구경하던 사람들의 박수소리에 잠시 멈춰 섰다.

"대단하시오!"

"정말 잘 보았소이다!"

그들의 외침 소리에 장권호는 쓸쓸한 표정으로 천천히 걸음을 옮겼다.

"네가 이길 거라 생각했었어. 하하하! 그놈, 나도 쉽게 승부를 장담할 수 없는 놈이었거든. 그렇다고 내가 진다는 게 아니야. 단지 이기는 데 시간이 좀 걸린다는 것뿐이니까."

주루의 한쪽 구석에 앉아 말을 하는 양초랑은 상당히 신난 표정이었다. 거만하던 배영추의 꼴사나운 모습을 보았기 때문이다.

"그놈의 찌그러진 솥단지 같은 표정을 보니 십 년 묵은 똥을 한 번에 싼 것 같은 기분이 들어. 하하하!"

양초랑이 다시 한 번 웃으며 술을 마셨다. 장권호는 그저 가볍게 미소만 보이다 음식을 먹은 후 곧 자리에서 일어났다.

"어디 가나?"

"다른 곳으로 가야지. 이곳에서의 볼일은 끝났어."

그가 나가자 양초랑이 얼른 뒤따라 나가며 물었다.

"어디로 갈 건데?"

"낙양."

"호오…… 낙양이라……. 거기 좋지……. 후후. 꽤 이름 있는 놈도 있고 말이야."

양초랑은 마치 어린아이처럼 들뜬 듯 상당히 고무적인 표정이었다.

"낙양이라면 가만있어 보자……. 그렇지. 주선자(酒仙子)라는 젊은 놈이 있는데 그 새끼가 좀 강한 놈이지. 그리고 강북 대표국의 국주인 대도(大刀) 곡정립도 있지. 아마 낙양에서 가장 강한 놈은 그놈일 거야."

양초랑의 설명에 장권호는 고개를 끄덕였다. 어차피 낙양에는 가봐야 했고 그 다음에 갈 곳은 바로 소림사였다.

"그런데 대도 곡정립이 아무리 고수라 해도 나하고 비교하면 수준이 비슷한 놈이거든? 네가 분명히 이길 거야. 내 장담하지."

양초랑이 가슴을 치며 말하자 장권호는 잠시 걸음을 멈추었다.

"대도 곡정립이 너와 비슷한 수준이라고?"

"그렇다고 봐야지. 내가 이렇게 보여도 곡정립과 함께 강북삼도라 불리는 사람이야."

양초랑의 자신감에 장권호는 조금 망설였다.

"이거 고민인데……. 네 수준이라면 배울 것도 없는데 말이야."

"뭐라고!"

양초랑이 크게 소리치며 분노한 표정을 보였다. 그러면서 그의 양손이 허리춤에 걸린 쌍도로 향했다.

"이놈! 어디 그래, 다시 한 번 싸워보자!"

양초랑이 외침에 지나가는 행인들이 놀라 주변을 둥글게 둘러쌌다. 그런 사람들의 시선에도 아랑곳없이 양초랑이 살기를 드러내자 장권호는 고개를 저었다.

"성격하고는……."

장권호는 문득 양초랑이 경지를 높이지 못하는 건 성격 때문이 아닐까 하는 생각이 들었다. 그때 한 사람이 사람들 틈에서 빠져나와 양초랑에게 다가갔다.

"혹시 양 소협이 아니시오?"

양초랑은 자신의 옆에 다가온 이십 대 중반의 잘생긴 백의청년을 쳐다보며 인상을 찌푸렸다. 깔끔한 모습이 마음에 안 들었기 때문이다. 그리고 그의 허리에 차고 있는 푸른 청강검도 마음에 안 들었다.

"그렇소만?"

"풍운회에서 왔소."

"그런데?"

양초랑이 풍운회라는 말에 더욱 인상을 쓰자 청년은 곧 낮은 목소리로 말했다.

"긴히 할 말이 있소이다."

그가 모여든 사람들을 의식한 듯 말하며 시선을 돌리자 양초랑이 피식거리며 말했다.

"뭔가 숨기는 거라도 있는 모양이야? 그렇지 않다면 그냥 말하시게나."

"후우⋯⋯."

청년은 양초랑이 소문대로 건방지다고 생각하며 짧게 한숨을 내쉬었다.

"그냥 말해도 되겠소?"

"물론."

양초랑은 당연하다는 듯 고개를 끄덕였다. 그러자 청년은 씁쓸한 표정으로 낮게 말했다.

"묵 대협께서 돌아가셨소."

"⋯⋯!"

순간 양초랑의 눈동자가 커졌고, 청년은 그런 양초랑의 모습을 예상한 듯 한 발 물러섰다. 양초랑은 믿을 수가 없다는 듯 전신을 떨었다.

"같이 갑시다. 안내하겠소."

"무슨 소리냐?"

양초랑의 살기에 청년은 다시 말했다.

"있는 그대로를 말한 것뿐이오."

양초랑은 묵손의 죽음을 도저히 믿을 수 없다는 표정으로 청년을 노려보았다.

"묵 대협께서 돌아가시기 전, 양 소협에게 전할 게 있다 하셨소. 회에선 양 소협을 찾아다녔으나 결국 돌아가셨소이다."

"으음······."

양초랑은 믿지 못하겠다는 듯 눈살을 찌푸렸다.

"가봐."

장권호의 낮은 목소리에 양초랑은 분노한 표정으로 고개를 돌려 그를 노려보았다. 그러다 곧 표정을 풀고 청년을 쳐다보았다.

"가지."

"저분은 친구 분이시오?"

"물론. 함께 갈 거다."

양초랑의 대답에 장권호를 본 청년이 말했다.

"함께 가시지요."

"그래도 되겠어?"

장권호가 묻자 양초랑은 고개를 끄덕였다.

"혼자 가기 겁나거든······ 풍운회는······."

양초랑이 애써 태연한 척 미소를 보이자 장권호는 양초랑
의 어깨를 두드려주었다.

『무적명』2권에서 계속

『아독』, 『백발검신』의 작가!

이광섭 판타지 장편소설

전장의 신이 되어라!

『아이더』

천방지축 아이더의 대책 없는 영웅 서사시

새로운 영웅의 탄생을 기다리는 검술의 거마,
실전의 꽃, 전장검술을 들고 아이더가 강림했다!

dream books
드림북스

劍·魔·島

劍 魔 島

검·마·도

우각 신무협 장편소설

ORIENTAL FANTASY STORY & ADVENTURE

『십전제』,『환영무인』,『파멸왕』의 작가!
우각 신무협 장편소설

『검(劍)·마(魔)·도(島)』

천일평의 지옥, 정마대전 이후 십 년.
음모로 빚어낸 거짓 평화에 종언을 고한다!

dream
books
드림북스